U0007295

月光

新裝版

花輪和一

目次

骷髏乳
婢女阿妖
壞到骨子裡的女人。
老爺
極為好心之人。
夫人阿艷
可憐至極之人。

阿妖是婢女身，因而內心傷悲。
不用了，我今天早上已經吃不下了。
不行不行，大夫不是也說了嗎？要多吃一點，儲備體力才行……
妳不僅生病，體質又異於常人呀。來，再一口吧，求妳了。
再一口就好。
あっ!!
啊
對不起，對不起。
不想吃的話，不要勉強吃也沒關係。我態度太強硬了，對不起。

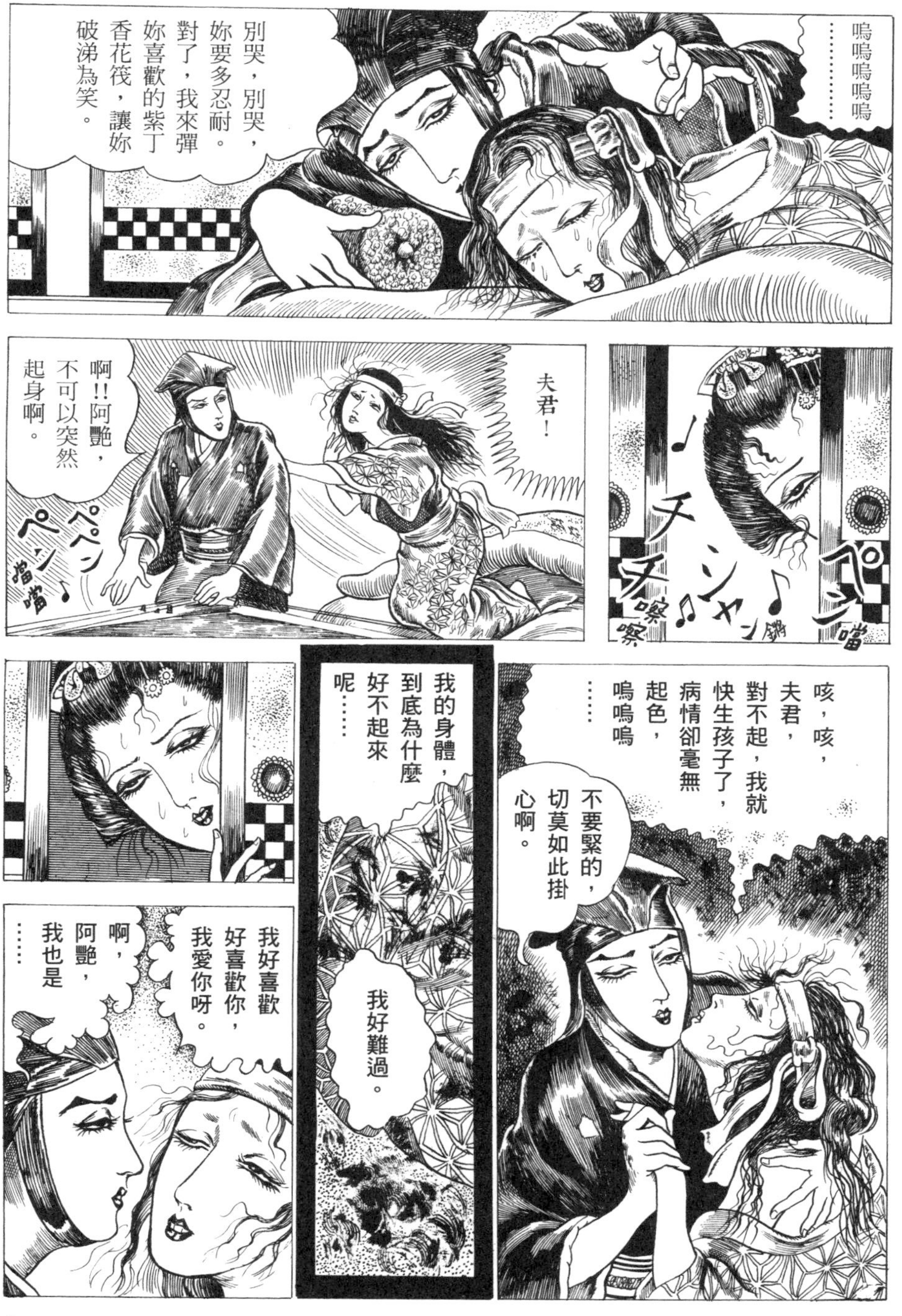
嗚嗚嗚嗚嗚……
別哭，別哭，妳要多忍耐。對了，我來彈妳喜歡的紫丁香花筏，讓妳破涕為笑。
ペン♪ 噹
シャン♪ 鏘
チチ♪ 嚓嚓
夫君！
啊!!阿艷，不可以突然起身啊。
ペンペン♪ 噹噹
咳，咳，夫君，對不起，我就快生孩子了，病情卻毫無起色，嗚嗚嗚……
不要緊的，切莫如此掛心啊。
我的身體，到底為什麼好不起來呢……
我好難過。
我好喜歡你，我愛你呀。
啊，阿艷，我也是……

扉頁畫的那三人，住在同一個屋簷下。
咳咳咳咳
很難受嗎…？
我來舔一舔妳的嘴巴吧。
ぺろ 舔舔
ぺろ 舔舔
討厭，繼續，繼續…
我舔、我舔…
啊啊……

憎
我恨!!
我恨幸福的夫人。
如果老爺的愛全部歸我該有多好——我全都想要……我想懷老爺的孩子。
雨
阿妖。
啊，老爺。

阿艷稍早睡著了，妳陪我出門一下吧。
是。
阿艷身體不好，因此平常也辛苦妳了呢。
不，老爺，沒那回事。
化粧品店
都え簪
扇
妳先別動……
哎呀!!
真漂亮，很適合妳。
老爺，小的萬分感激。

兩人進了料理店。雨似乎已經停了，夕照忽然射入室內，攤商往來戶外。
啊……老爺。
垂涎
嚇!!不行，在下家有……在下家有……
我心愛的妻子，懷胎的妻子……我今天是為了請妳吃飯才帶妳來的，沒想到會演變成這樣……
甩
バッ

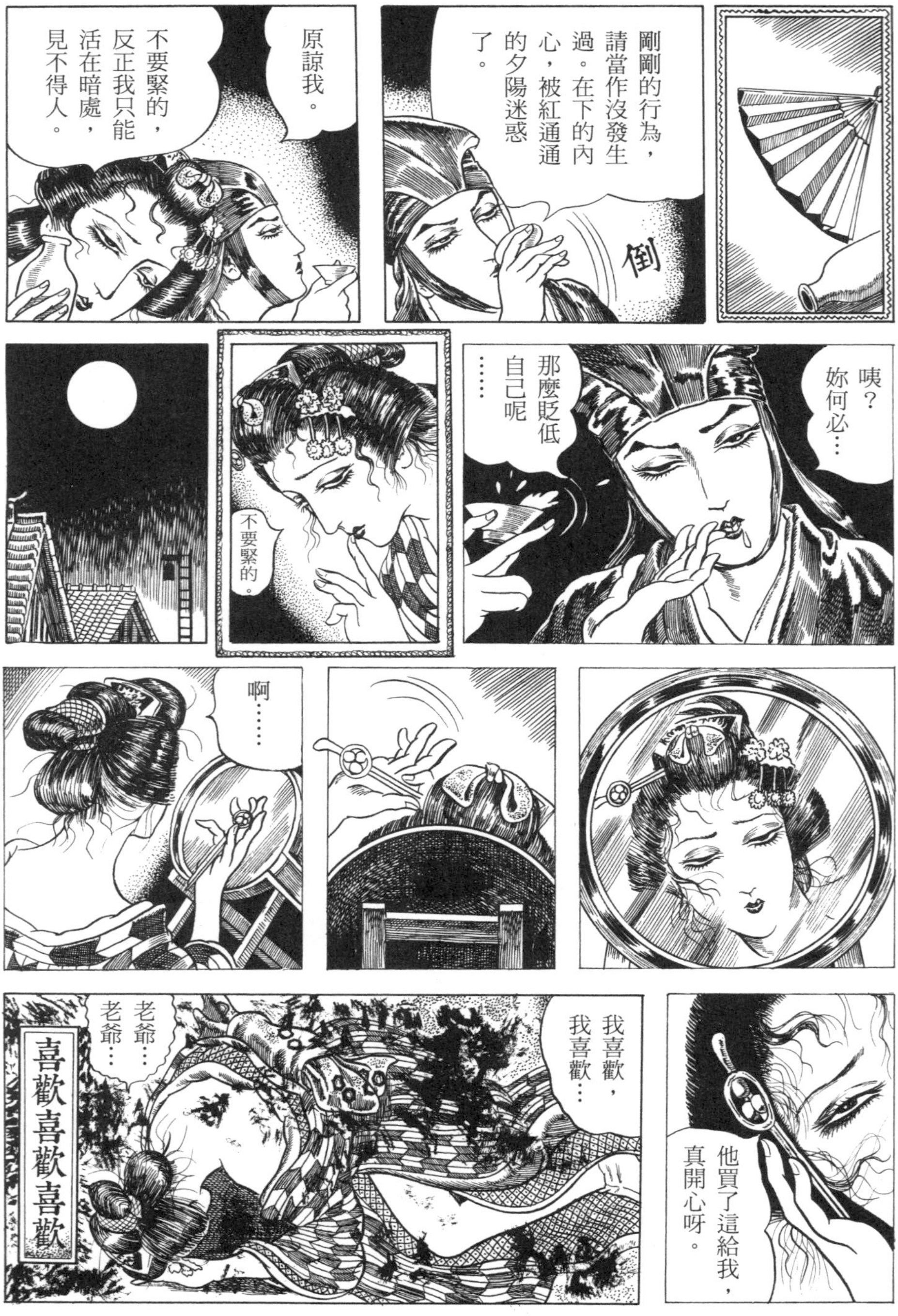

剛剛的行為，請當作沒發生過。在下的內心，被紅通通的夕陽迷惑了。
倒
原諒我。
不要緊的，反正我只能活在暗處，見不得人。
咦？妳何必……
那麼貶低自己呢……
不要緊的。
啊……
我喜歡，我喜歡……
老爺……老爺……
喜歡喜歡喜歡
他買了這給我，真開心呀。

我比夫人漂亮不是嗎？
我比較年輕不是嗎？
我比較活潑不是嗎？
我所有條件都贏夫人呀！
對不起!!
ブルルル
噗嚕嚕
阿妖扭曲的戀慕之情一天一天高漲起來，不過幾天後——足以令惡魔微笑的事件發生了，惡婢女．阿妖的內心為之激動。
中途換乘的馬已經備妥，這邊請，盡速上路吧。
怎麼會這樣。蝦夷的伯父病危……在下得立即前往探視才行。
阿艷。
夫君。
蝦夷就是現在的北海道，相當遙遠呢。阿艷是孕婦，又有病在身，在下很擔心啊。阿妖，之後的事就拜託妳了。

將患病又懷孕的阿艷留在江戶……
千里迢迢——直奔蝦夷呀，直奔蝦夷。
パカパカパカパカパカ
噠噠
咕嚕咕嚕
ぐつ
ふうーっ
唔!!
ふふふふ
呵呵
好臭呀，咳咳咳。
那就請您放著吧。
不，妳說老爺出門時託妳熬這藥給我喝，我不喝會遭天譴的……
讓我喝吧，咳咳。
ごくごく
咕嚕

げええっ嘔
苦悶之嘔
咳咳咳，好……好痛苦，咳……
呵呵呵。
來，夫人，起來吧。
咳咳，為什麼呀？阿妖…
要更衣嗎？
不是的，夫人。要這麼做。
シューシュー
咻—
燒焦乳
火
桃紫綠赤黑

呀
茲茲
好燙!!
住手!!妳瘋了嗎!!
茲茲
呵呵呵…我很正常喔。我很喜歡老爺，已經按捺不住心意了…老爺我要了，妳就退出這段關係吧。
來，在這退婚書上簽字吧。
太過份了，過份!!
要是不肯，我連妳的臉也拿去烤喔!
咿
らん♪らん♪
啦啦啦
阿妖將婢女的衣服甩到水溝內，沒收夫人的衣服來穿。
從今天開始，夫人就是婢女囉，去，快工作!!

太過份了，過份！我到底做了什麼…妳真狠毒呀。
壓榨
啊啊，這是怎麼一回事啊。
夫人得掃廁所、劈柴，做牛做馬，無一刻得閒。她的病情越來越嚴重了。
奴隸
真可憐呀
ごほっ
咳
ごほっ
咳咳
妳連盛飯都盛不好呢。好樣的，我要再處罰妳。
もぐ
嚼嚼
啊啊，不要啊!!
我快臨盆了，原諒我，拜託!!
好滾燙呀
ドドド
噗噗噗
不行。今天這招會很難熬喔，覺悟吧！
咕嚕
シュー
咻—

ひぃぃっ
伊
うっ!!
唔
我要生了!!
求求妳!!妳要怎麼對我都行，起碼放過孩子…
不行!!
ザー
嘩啦
ザザ
嘩啦
啊啊，肚子好痛，我無法再忍耐了呀。拜託妳，讓我生。
呵呵呵，生得出來的話就生啊。

不行，妳就這樣待個兩、三天吧。
傾盆大雨
くやしいくやしい
你竟敢我好不甘心
我好不甘心
渾身濕透濕淋淋
於是，三天後
這雨還真會下呢……哎呀!?
這傢伙還活著呢。執念還真深，真棘手的人啊。
嗚嗚，我絕對不會把老爺交給妳。我全都要告訴他。妳是惡鬼!!
ガッ
喀
ガッ
喀
哎呀，說我惡鬼，真過份呀……有些話是說不得的，妳懂吧!!

真是無聊透頂。
我今晚……就要動手囉。
ひっ
咿
聽我說，剛剛叫妳惡鬼是開玩笑的，對不起。
老爺總是說妳溫柔、美麗，是個大好人啊。
妳真的太出色了。老爺回來後，你們一起去看歌舞伎吧。我把他讓給妳，阿妖。
哼，我才不會被騙呢。
ぐいっ！
拉！
妳果然是鬼啊

救命
我要用老爺買給我的京城髮簪…
咻
烈
殺了妳!!
死吧!!
啊啊啊啊

パキ！
啪鏗！
ゴロ ゴロ ゴロ
隆隆隆隆
夫人死了。
血
滑溜溜，
流了好多血出來。血、血、血。
血、紅色的血，黑色的血，黏糊糊、黏糊糊。
這豪邸當中有兩口井，其中一口乾涸了，沒在使用。阿妖將屍體扔進這古井中，然後說……
呵呵呵……這麼一來，老爺就專屬於我一人了。
滿心歡喜的阿妖
幾天後
嗚嗚嗚嗚嗚，啊啊啊啊……阿艷……
哭哭哭哭
啼啼啼啼
淚眼婆娑
陰沉陰沉

啊啊，阿艷，妳為什麼要離開……在下好悲傷啊。
在下多麼愛妳啊。
竟、竟然和男人私奔！
退婚書
我其實無比討厭老爺你喔。肚子裏的孩子是我和㊙的愛的結晶喔，呵呵呵。我們兩個會一起過幸福的日子。再見了。
阿艷
嗚嗚
しくしく
老爺，真是萬分抱歉，如果我再認真一點工作，就不會……嗚嗚嗚……
假哭擠淚
嗯……妳並沒有錯啊。
啊啊……阿妖，我只剩妳可以依靠了……
捏
我可以依靠妳吧？
啊啊……老爺……小的好高興啊。
啊，阿妖這女人多麼壞心啊。她逼迫阿艷寫下退婚書，最後靠它騙過了老爺。阿妖的幸福生活，一天天持續著。

愛
幸福啊
呵呵呵呵，呵呵呵呵，呵呵呵呵。
你可以依戀我，可以更依戀我。
可以依戀，可以更依戀喔。
更加寵我吧
然後……啊，阿妖雖然下流，卻還是懷孕了。
子
胎兒
在下開心極了，生一個美孩兒給我吧。
すや
嘶呼
夜
唔
我的肚子，唔唔……好痛!!
嘶

丑時三刻，草木入眠，河川也停止流動了……阿妖卻因為激烈的疼痛醒來……!!
哇呀!!
腰帶竟然像生物般，醜陋地膨脹。這下可掐進肚子肉啦!!
拿、拿不下來!!
冒
もあ〜ん。
艷的幽靈
花輪畫
啊
我好恨啊
我的靈魂想要停留人世
我好恨啊——
冒—
呀—
呀—
嘶呼—

妳竟敢把我和我的孩子害得這麼悽慘啊。
キャー
呀
呪
還搶走我心愛的老爺。
那條腰帶和衣服原本也都是我的。我恨妳，我要詛咒妳——
唔唔
唔……!
ギリギリギリ
嘰嘰嘰嘰嘰嘰
痛苦
呪
我一定會詛咒妳!!
飛血
噗
朝
わあっ
哇啊
たったったっ
噠噠噠噠噠噠
在下感到毛骨悚然。
為什麼?
たっ
噠
たっ
たっ
たっ
噠噠噠

Because，井裡的水變得紅通通的。
咦!?
がばあっ
彈起
總覺得有誰在某個地方遇害了，這念頭揮之不去。
咦
我明天會把現在沒在用的那口井挖深一點，因為它還能用。
咦
阿妖大為震驚，因為她把……扔到了井裡啊!!
擔心・要露餡了・擔心
啊！妳臉色真差，怎麼了嗎？
沒事，我昨晚睡得很好，我很健康喔。
鬼扯
淅瀝
しとしと

當晚
きり
嘰哩!
阿妖下到古井井底，要把屍體撈上去。
嘖!!
真難搞……
赫
怨

流涙復仇情念母子
ヴヴウウウウウウ
唔，好睏啊。
咦？阿妖去哪了？
啊，古井上浮出鬼火了……

咦!?阿妖，妳在那裡做什麼？
妳肚子裡有小孩，待在那會著涼的啊。
來，抓牢了。
淅瀝
啊!!
妳、妳……
乳房，讓我看看妳的乳房!!
唔，別看啊!!

讓我看!!
ばっ
唰
キャー
…呀—
弄不掉，弄不掉啊，這是夫人在作祟呀，嗚嗚…
當初要是……當初要是沒殺死她就好了。嗚嗚嗚……
咦？妳、妳說什麼？妳把阿艷…

宰掉了啊！
あおっ
啊啊
妳、妳做了多麼可悲的事啊!!
這麼說來，這骨頭是阿艷的……
嗚嗚嗚……妳一定滿心憾恨吧。
因為，我想要老爺啊，我沒有其他手段…
がっぷり
咬
嗚嗚嗚…嗚嗚嗚…阿艷，原諒我。
受騙的在下，真是蠢啊。請原諒我，請原諒我。
在下……
在下!!
要去妳那一頭。
啊!!老爺，不可以啊！
老爺、老爺！看看我!!看看這身體!!漂亮吧？漂亮吧？比夫人還要青春、美麗吧？所以你別去啊!!

キ
瞪
阿妖!!妳欺騙在下在先，還敢那樣說啊？妳真是下賤的妓女!!
老、老爺啊！不要、不要，請你別討厭我，不然我肚子裡的孩子……啊。
啊啊，不要啊!!
噗

（編註：應為作者自創口訣，查無出處。）

ペロペロ
舔舔
もあん
冒
三人的情念合一……
消失在夜晚的黑暗中。
在那之後，可悲的阿妖陷入瘋狂。直到今天，她仍挺著大肚子，忘了要產子，仍垂著紮根到她體內的骷髏乳，在繁華的江戶展現那不堪入目的姿態。啊啊，這是苦苦追求邪戀的女人的下場。
日本橋
完
〈骷髏乳／完〉

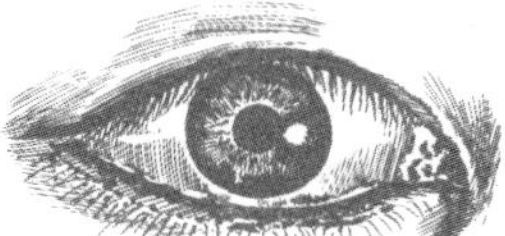

豬女

拜託你，住手吧。這太令人羞恥了……
所以我才叫妳吃啊，想要我解開繩子，就吃下去。
啊……不要，如果吃下去，我又會……
又會怎樣？說啊!!妳說說看啊，死豬女。
ビクン
抖
大…大便會……啊，不要啊!!
出
豬，臭豬，妳這樣還算個人嗎!!
ブーン
嗡
ブ～ン
嗡
嗚嗚，好臭，好臭！
臭
嗡

再怎麼低賤的豬，也不會拉這麼臭又髒的屎呀。
看清楚了，這些髒東西全都是從妳身體跑出來的喔。
啊啊～
ぶびぃぃ
噗哩—
又來了嗎？髒死了。知不知恥啊妳。
唔，臭到難以言喻，世上有誰會拉這麼臭的屎！
只吃垃圾桶剩飯的乞丐，也不會拉這麼下賤的屎啊！
ヌチ

嗚嗚～～嗚嗚～～
臭豬！
妳啊，
妳啊，
ねばねば
黏稠
便
髒死啦!!
大小姐出身的妳，臉蛋再怎麼美也沒用，妳現在連豬都不如！髒死了！難看死了！來，吞下去。
糞食
無論如何都不肯吃的話，我就打開這扇窗，讓世人看看妳的樣子。
ブブッ
啊啊，不要！

鏘嘟鏘嘟
鏘嘟鏘嘟
尊府
不要啊！不要啊！
我…我吃。
剩飯
我吃，你這次真的要幫我解開繩子，拜託你，這次一定要……
好好好，我會鬆綁喔，要買東西、洗澡都隨妳去。

ゴウー
隆
媽……媽媽。
呵呵呵，這蠢蛋不知道裡頭有瀉藥和我的大便，還吃下去。女人全都比豬還低賤。
呼
呼
呼
ガッ
ガッ
嚼
ぐちゃ
ぐちゃ
ズズ
窣窣!!
吃
光
呼…呼…吃完了呀，一乾二淨。
趕快鬆綁，啊啊……
出來了
快點鬆綁，啊，不要，別看!!

尿
糞
あひいいい
啊咿—
びー
噗
ぶひ
噗咻
恥
くさい!
臭!
排泄
豬女
蛆
便

豬、豬、豬、豬，妳是豬、豬啦，豬。為什麼不忍耐，把榻榻米弄得那麼髒，妳就掃到死吧，臭豬女。
とん
咚咚咚
とん
とん

カタッ
卡答
阿幸，妳明天總算要跟不認識的叔叔到某個地方去了，多吃點。
……
……

你說的是真的嗎？
嗯。我讓大人看這張照片，他立刻就覺得對味了。請務必考慮。
他收她當養女啊。
會給你錢作為報酬，之後你和那孩子就毫無關聯了，到時還請你忘掉一切。
那些我都明白。
據說呀，那政治家……哎呀，這是秘密，秘密喔。那位大人無論如何都想要個少女妾，因為他的性癖也很變態呢。不行……名字我是絕對不能說出口的。

嘿嘿嘿嘿，聽說啊，嗯……他會把女孩牙齒拔光。
讓她吸那話兒呢。
從小開始訓練，以後在床上就能提供很多慰藉。真不是蓋的。
トッ
彈
明天終於可以拿到一筆大錢了啊。
我和阿幸只剩今晚共處了啊。好，我要好好教教她，不留下遺憾。
噗ー
ポトッ
啊，阿幸，不許上二樓！

對、對不起，我想去見媽媽。
我不是說媽媽生了重病，接近她會被傳染嗎？妳又要挨罰了。
饒、饒了我吧，我絕對不會再犯了，饒了我吧！
不行，來，過來這。
嗚嗚～嗚…嗚……
別哭，妳明天開始就要吃別人家的飯了。要聽我的話。妳這樣會被討厭喔！來，脫下妳的內褲，臭豬女。
ガタゴト
卡答叩咚……

那是五年前的事了。我和某個女人墜入愛河，訂下婚約，相親相愛。
荒唐的是，我說的某個女人，就是現在在二樓丟人現眼的那個豬女。
當時我是一家大型和服店的大伙計，豬女是那戶人家的獨生女。

某一天——
什麼都別說，帶著這個去找警察，拜託了。
可、可是，老闆……
你出獄後，我讓你跟我女兒成婚，這間店也讓給你。
可是，別人的罪，由我……
刺死人的，是某個名字不能說的大政客的兒子。大政客可說是我的恩人，我想要報恩。
……
當時的我太蠢了。

我替人背罪，坐了五年牢。
好不容易出獄回歸俗世，我發現大小姐跟人跑了，而且好死不死對方就是讓我背黑鍋的政客兒子，兩人還生了個小孩。
不過那個男人在我出獄半年前就死了，而大小姐……
成了帶著拖油瓶的寡婦，大搖大擺地到處晃。
和我一言為定的老闆也死了，店舖落入他人手中了。
我被騙了。如果不做點什麼，難消我的怒火。
刀劍外刀刃研磨
我發誓要報仇。

於是，在大約三週前，我總算騙倒寡婦大小姐，將她拖進家中，綁在二樓。
あうう
ビー
噗
ゴーガタン
喀答
空隆
媽……
媽媽。
ガタ
コトン
喀答
空隆
ぐいっ
拉
妳想見媽媽嗎？
這樣啊，好，我讓妳見她。
しく
啜泣

妳就快見到媽媽囉，看清楚她最後的身影吧。
ボォォォオオッ 嘟—

啊!!
是媽媽！

有件事還沒有任何人察覺：少女阿幸的買家，
也就是那個政客，是阿幸的親爺爺。

完

向神發誓的孩子

みーん
唧
みーん
唧
唧
唧
啊!!
好。
……
唧
みーん
心火燭
喀沙

サク
喀沙
哥，這真的是最後一次了吧。
ドロドロ
稠稠
是啊。
窣窣窣窣
ドロドロ
稠
ブズ
窣
喀答
今天的特別甜呢。
みん
唧

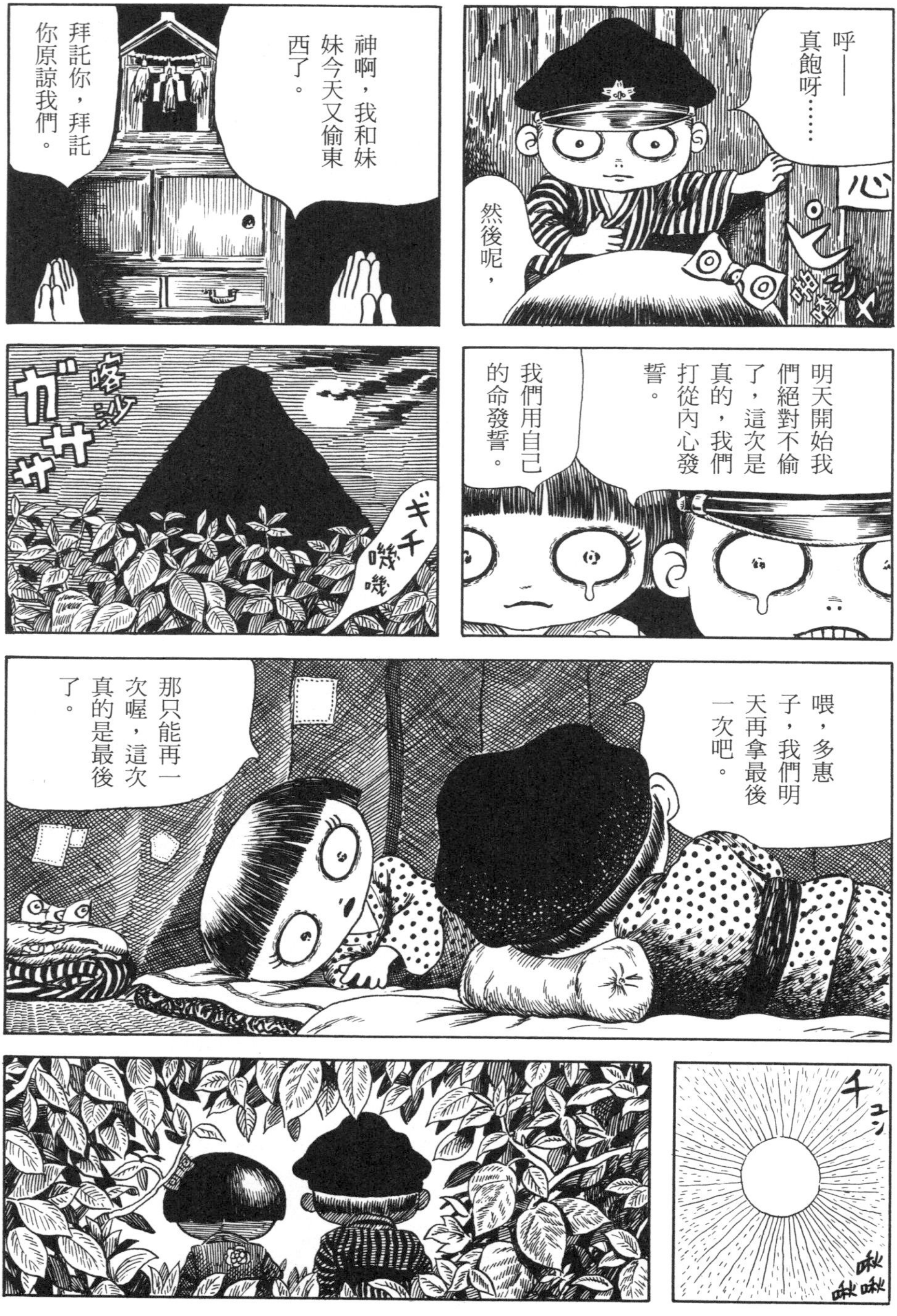
呼——
真飽呀……
然後呢，
神啊，我和妹妹今天又偷東西了。
拜託你，拜託你原諒我們。
心
明天開始我們絕對不偷了，這次是真的，我們打從內心發誓。
我們用自己的命發誓。
ギチ
嘰嘰
ガサササ
喀沙
喂，多惠子，我們明天再拿最後一次吧。
那只能再一次喔，這次真的是最後了。
チュン
啾啾啾

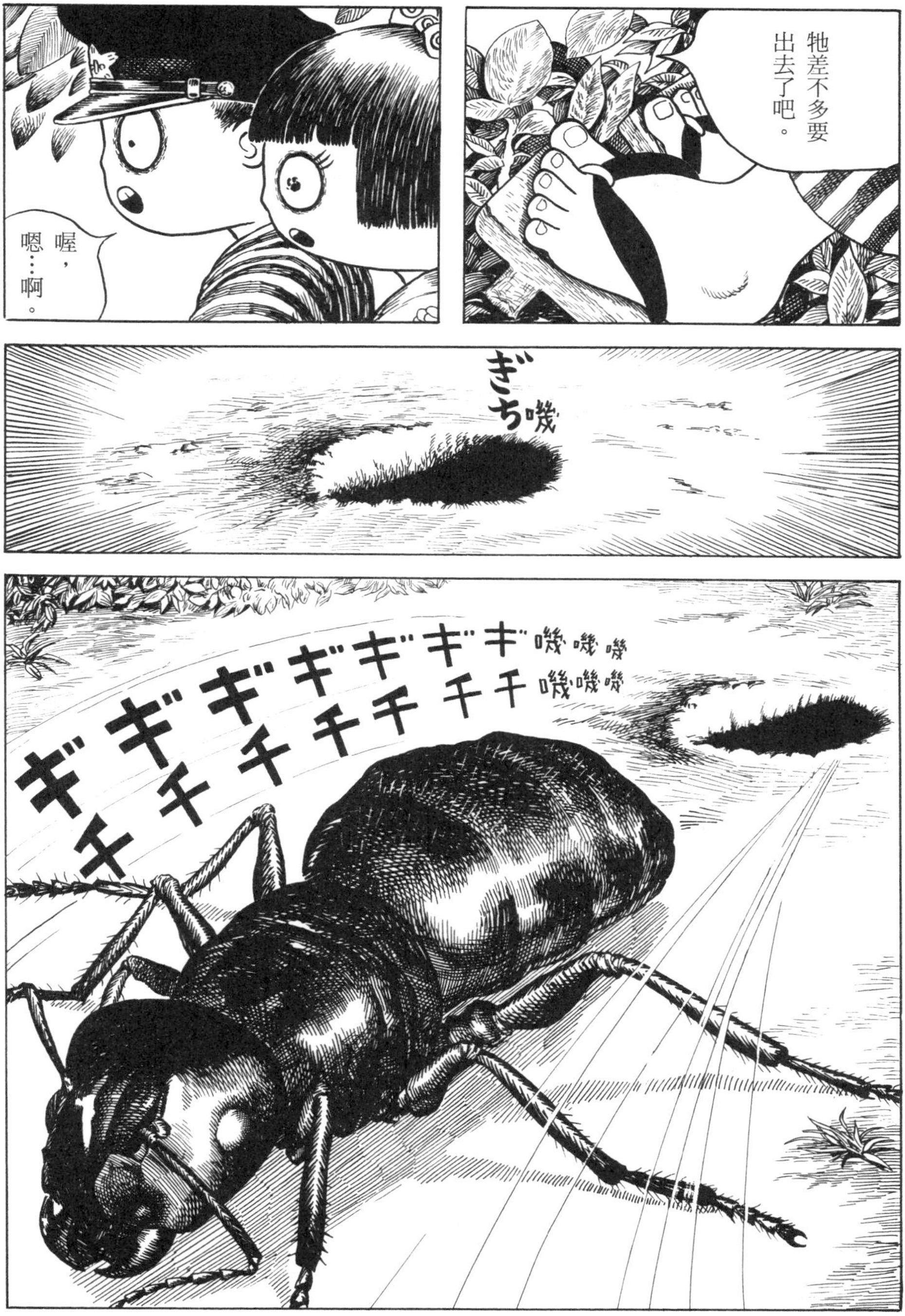
牠差不多要出去了吧。
喔，嗯……啊。
ぎち嘰
ギギギギギギギ嘰嘰嘰
チチチチチチチ嘰嘰嘰

ギチ
嘰嘰
好。
今天我要拿特別甜的回來喔。
因為是最後一次了。
說好囉，多惠子，要好好幫我把風喔。
好的——
啦啦啦♪♩♫

啊。

※廣播劇《ヤン坊ニン坊トン坊》的三個主角。

洋寶、寧寶、東寶※……

去、去，不可以過來這裡，去另一邊。

ぎちい哦哩

牠回來了。

ポテ
啪

哦

ガサ
客嗒沙

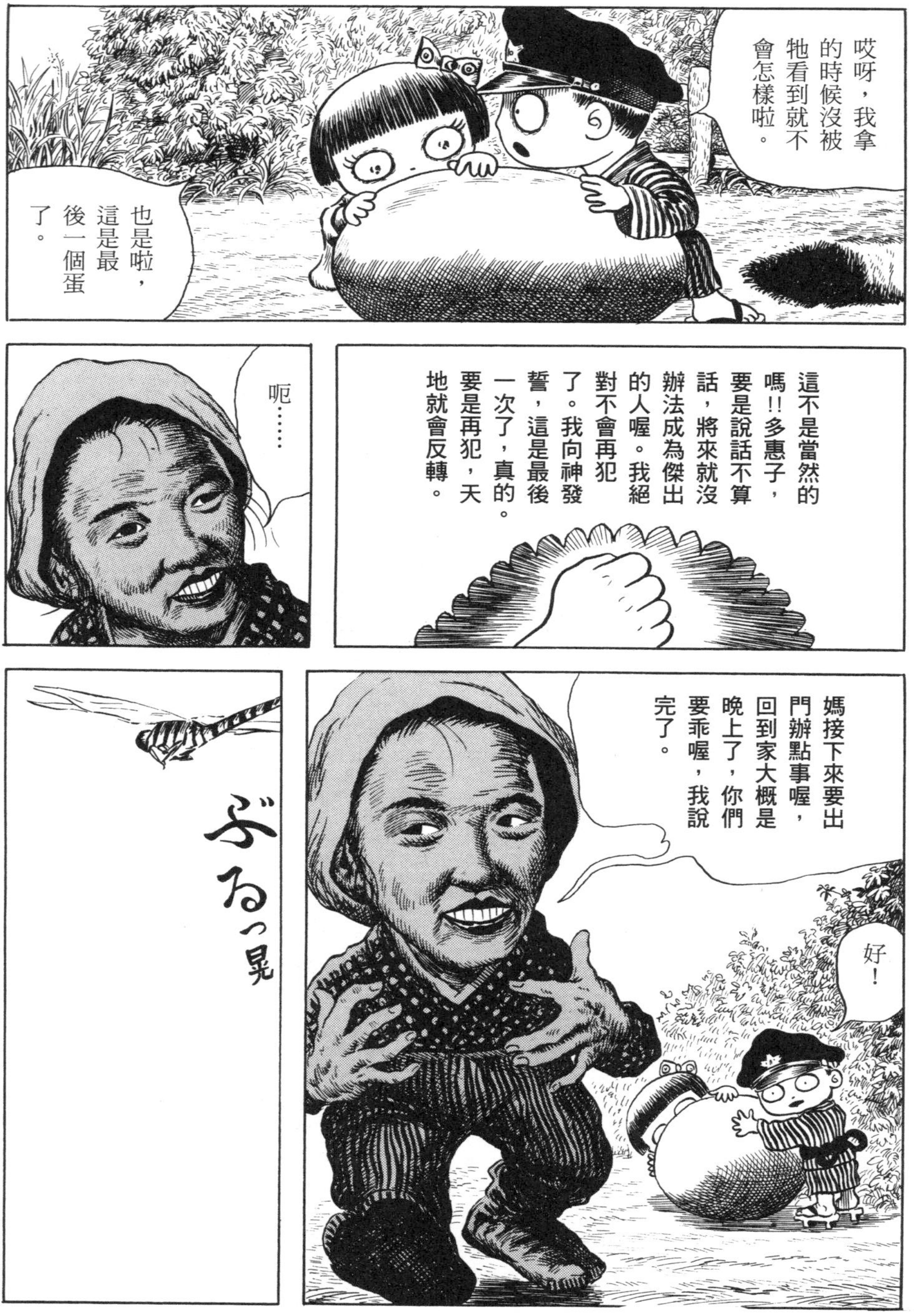
哎呀，我拿的時候沒被牠看到就不會怎樣啦。
也是啦，這是最後一個蛋了。
這不是當然的嗎!!多惠子，要是說話不算話，將來就沒辦法成為傑出的人喔。我絕對不會再犯了。我向神發誓，這是最後一次了，真的。要是再犯，天地就會反轉。
呃……
媽接下來要出門辦點事喔，回到家大概是晚上了，你們要乖喔，我說完了。
好！
ぶるっ晃

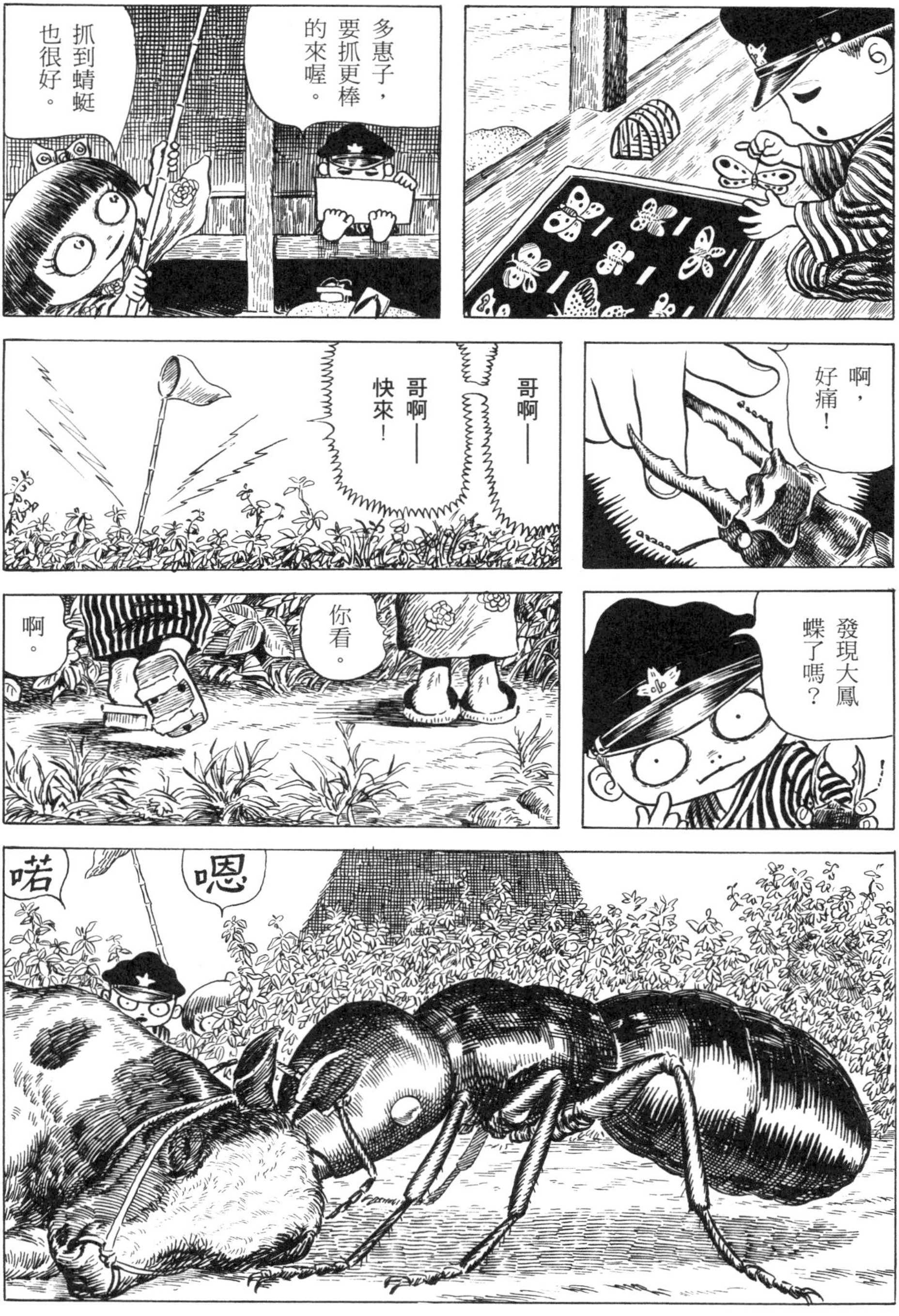

多惠子，要抓更棒的來喔。
抓到蜻蜓也很好。
啊，好痛！
哥啊——
哥啊——快來！
發現大鳳蝶了嗎？
你看。
啊。
嗯
喏

ずとっ
唰
那傢伙連牛肉都吃耶。
搞不好也吃人，好恐怖喔。
ブルル
嗡嗡
嗯……
多惠子，這次真的是最後一次囉，說好囉!!
嗯。
啊，牠出去了!!
好!!
多惠子，已經沒了耶。
我打碎了壁櫥中的蛋殼。
那麼……
嘿……咻。

打碎之後，份量變得相當少呢，這下子，
壁櫥清爽多了。
呼⋯⋯
ガラガラ
喀啦喀啦
啊

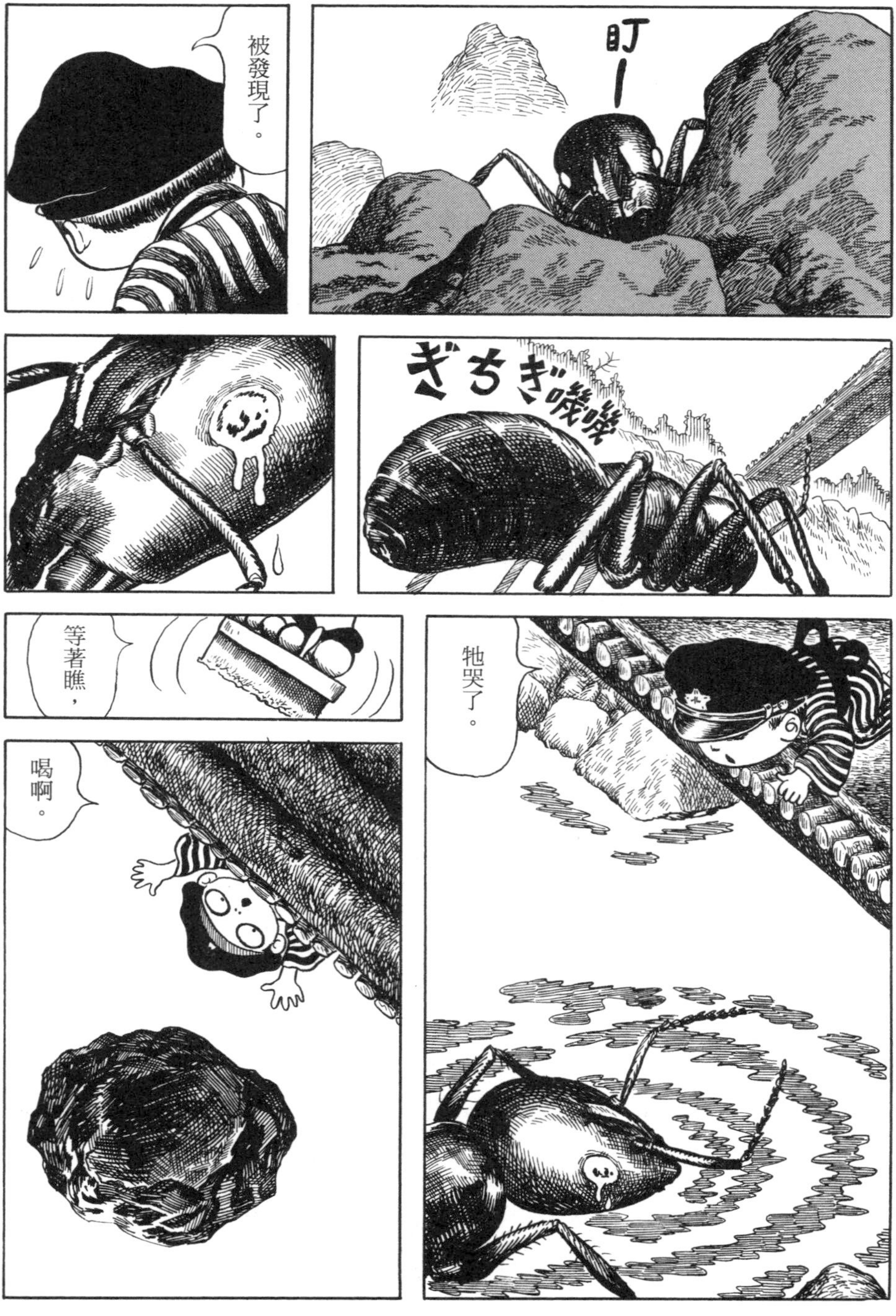
盯ー
被發現了。
ぎちぎ嘰嘰
牠哭了。
等著瞧，
喝啊。

咕嘰
斷了一隻腳呢。
我討厭你，滾遠一點吧。
對了，再拿一次吧，這次真的是最後一次了。我已經上小學了，不能一直做壞事，變成不成熟的小孩。
啾
ぎぎぎぎ
嘰嘰嘰
喀沙
窸窣

多惠子，我們再拿一次吧，這是最後一次了。
這次真的是最後。
多惠子……
跑哪去了？
啊
是多惠子的！
難道說……

救命啊~
神、神明啊，氏神啊!!
喀啦
一直以來，我都是個壞孩子！
向神明發誓卻繼續偷蛋。
不過我現在終於清醒了，這次是真的！
哇~
我發誓！
我再也不會偷竊了，拜託你，讓我妹妹平安回來吧。
如果妹妹平安回來的話，
我就切腹，把生命獻給神明！

拜託你了，神明啊!!
わあ
哇啊
我去接媽回來啊。
啊啊……
太好了，不是夢。
啊啊，太好了。
隔天──
ガシガシ
嘰嘰
ギチ
嘰嘰
蠢蛋！閃邊去!!

〈向神發誓的孩子／完〉

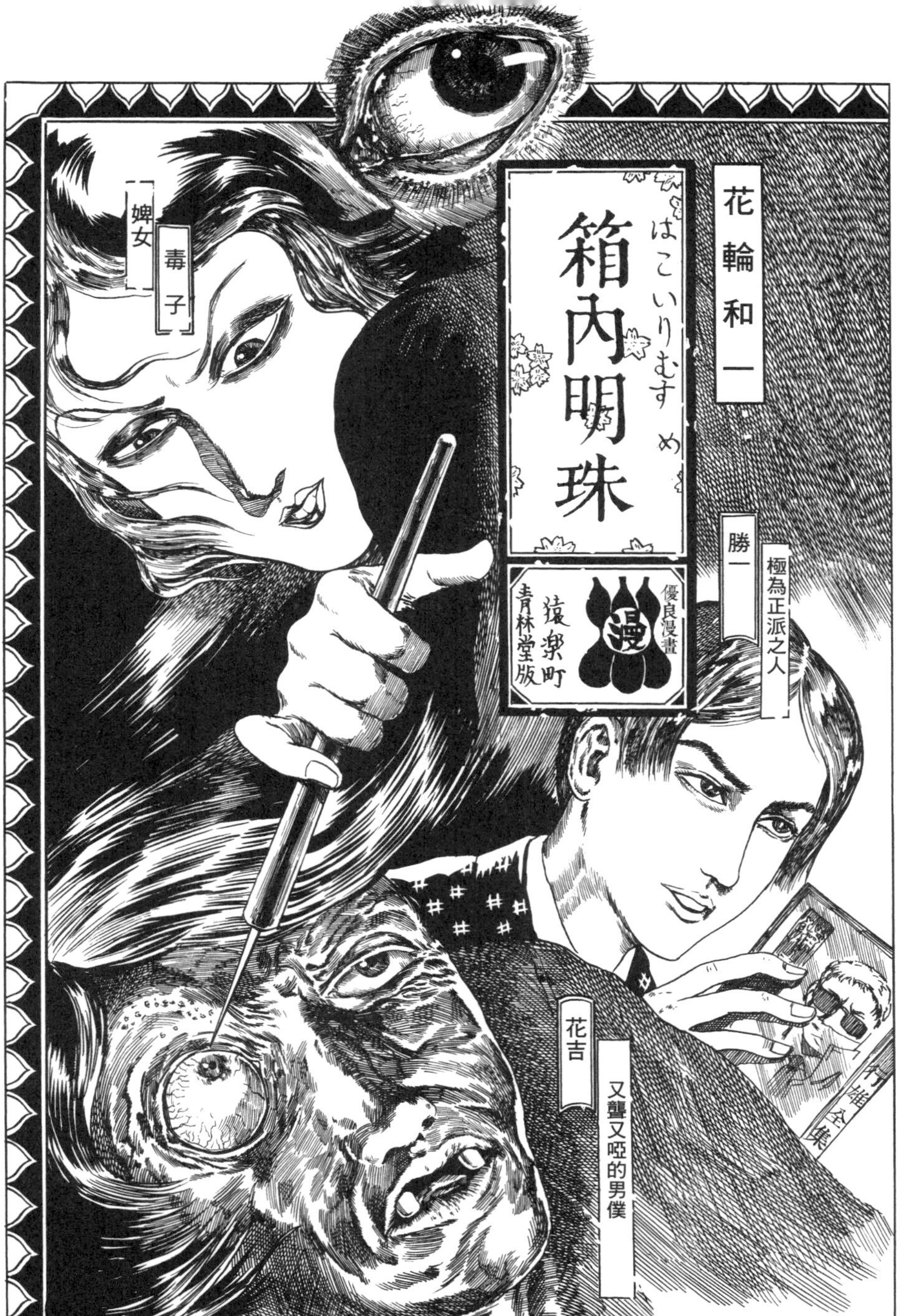
花輪和一
はこいりむすめ
箱內明珠
優良漫畫
猿樂町
青林堂版
漫
勝一
極為正派之人
花吉
又聾又啞的男僕
毒子
婢女

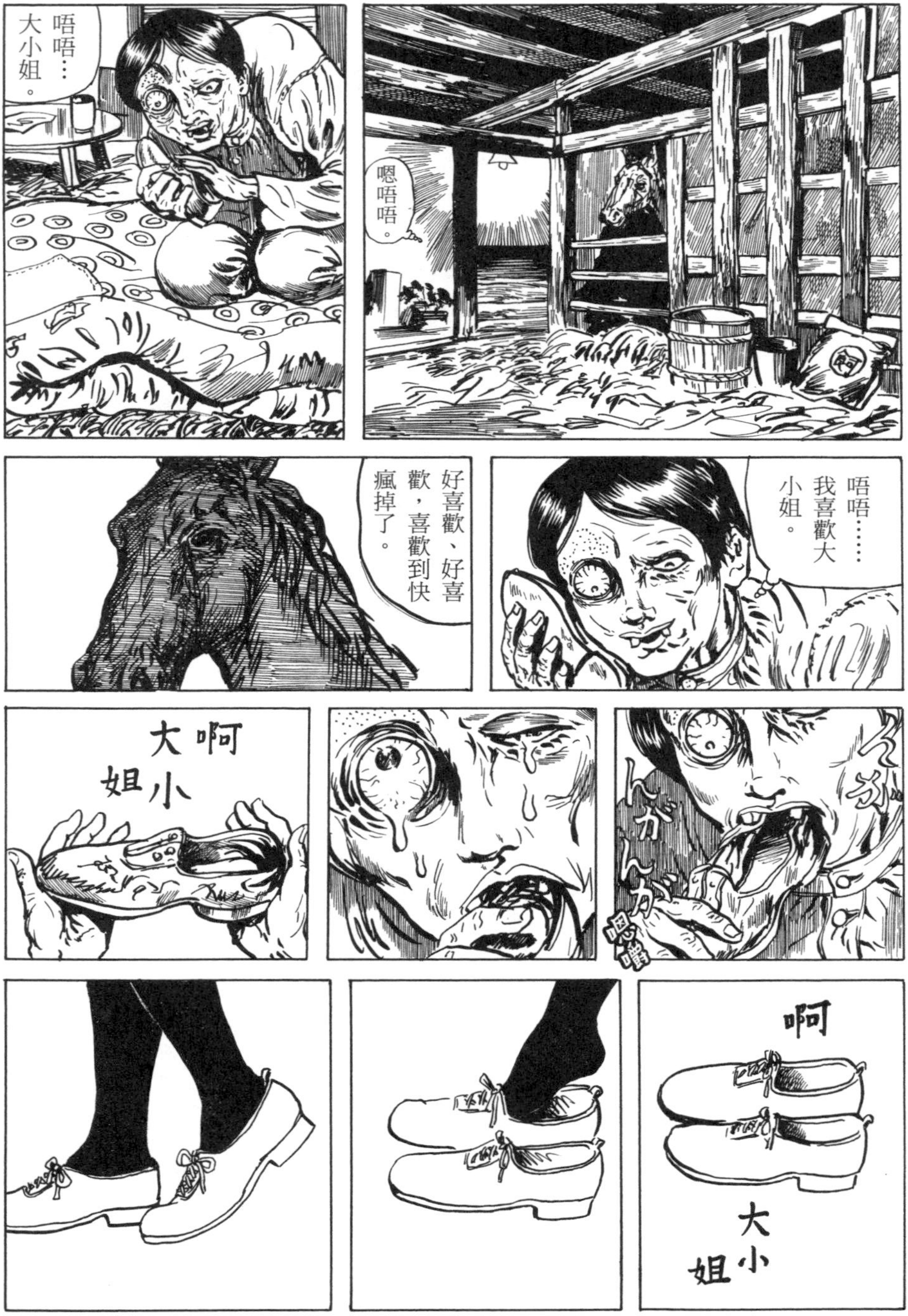
嗯唔唔。
唔唔……大小姐。
唔唔……我喜歡大小姐。
好喜歡、好喜歡，喜歡到快瘋掉了。
んが
んがんが
嗯嚙
啊大小姐
啊大小姐

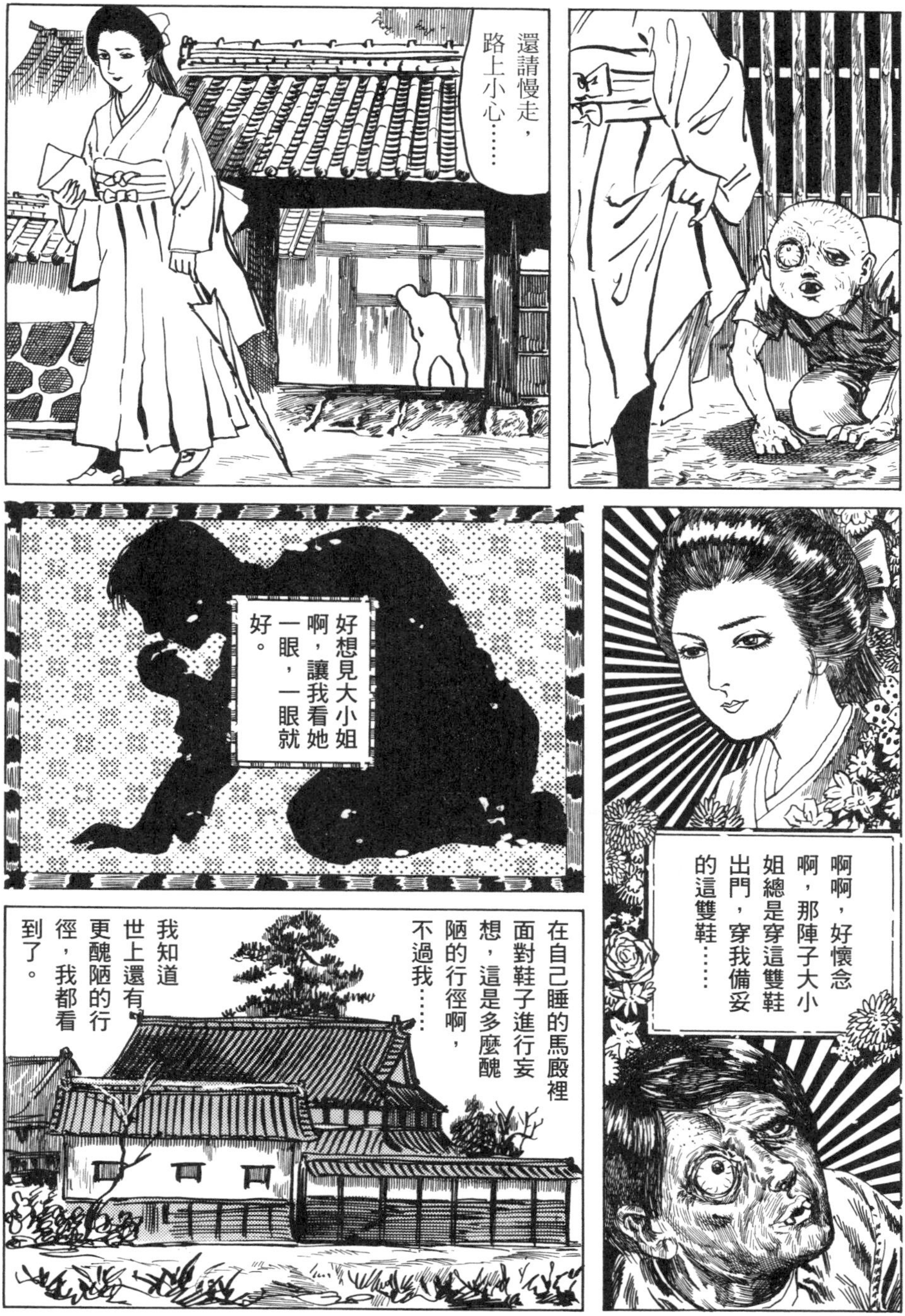
還請慢走，路上小心……
啊啊，好懷念啊，那陣子大小姐總是穿這雙鞋出門，穿我備妥的這雙鞋……
好想見大小姐啊，讓我看她一眼，一眼就好。
在自己睡的馬廄裡面對鞋子進行妄想，這是多麼醜陋的行徑啊，
不過我……
我知道世上還有更醜陋的行徑，我都看到了。

十年前那個下大雪的寒冷日子，我永遠不會忘記。我下山回家……
バババ
啪啪啪
ビュー
咻
啊啊！

啊啊！大小姐和老爺……
這、這是怎麼一回事啊。
咻
發生那件事後，大小姐就去了遠方呢。那個既近又遠的地方……
原、原諒我吧。
是、是我不好。
她、她太美了，太美了。
所、所以，我一時昏了頭……

這是流著你的血的女兒，你卻……唔唔…好悽慘，太悽慘了!!孩子的爸跟貓狗沒兩樣啊。
嗚嗚嗚，嗚嗚嗚，媽媽，嗚嗚……
啊啊……千里真可憐。
這男人是家裡的男僕，又聾又啞，就把他當殘障者對待吧。
是的，夫人。
幾天過後，婢女住進了這個家中。
自從那天起，這一帶坐擁最多山林的老爺…
火の用心
ガフガフ
嚼嚼
話變少了，也越來越常離家。

哎呀，又剩這麼多……
スー
唰－
パタン
啪答
大小姐真可憐，每日以淚洗面。
ガチッ
喀嚓
千里的狀況如何。
夫人，說到這個，她的進食狀況……
哎呀。
千里，再多吃一點！

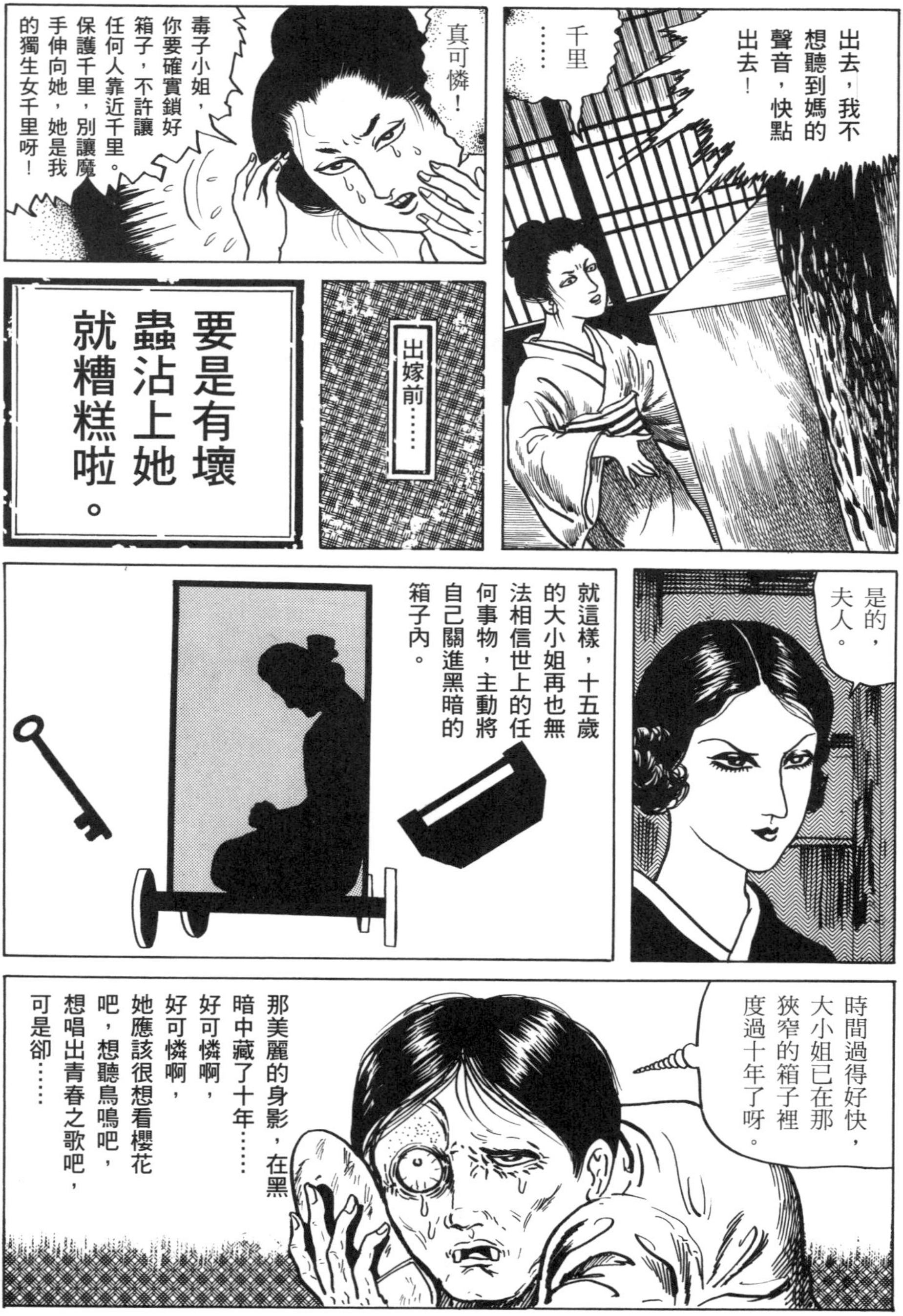
出去，我不想聽到媽的聲音，快點出去！
千里……
真可憐！
毒子小姐，你要確實鎖好箱子，不許讓任何人靠近千里。保護千里，別讓魔手伸向她，她是我的獨生女千里呀！
出嫁前……
要是有壞蟲沾上她就糟糕啦。
是的，夫人。
就這樣，十五歲的大小姐再也無法相信世上的任何事物，主動將自己關進黑暗的箱子內。
時間過得好快，大小姐已在那狹窄的箱子裡度過十年了呀。
那美麗的身影，在黑暗中藏了十年……好可憐啊，好可憐啊，她應該很想看櫻花吧，想聽鳥鳴吧，想唱出青春之歌吧，可是卻……

大小姐已經二十五歲了，大概變得比之前更美了吧。真想趕快把她弄出那裡。
啊啊，好想見大小姐一面。
再拖拖拉拉下去，她的膚質就要走下坡了。那樣就太可憐了。
唧ーーン
ジーーン
唧ーーン
大小姐，箱子裡想必很熱吧？請忍耐啊。
忍到妳出嫁那天為止。
啊〜〜
好熱!!
好熱!!
哎呀！蝴蝶飛進了家中。
バタバタ飛舞
咦！蝴蝶嗎？
是，很漂亮的蝴蝶……
拜託妳，請妳解開這個窺孔的鎖，讓我也看看蝴蝶。我已經十年沒有呼吸外面的空氣了，求求妳，毒子小姐。
啊……拜託妳，讓我……讓我…我已經快瘋了，讓我看看外面。
我想看看十年不見的明亮空氣。
バタバタ飛舞

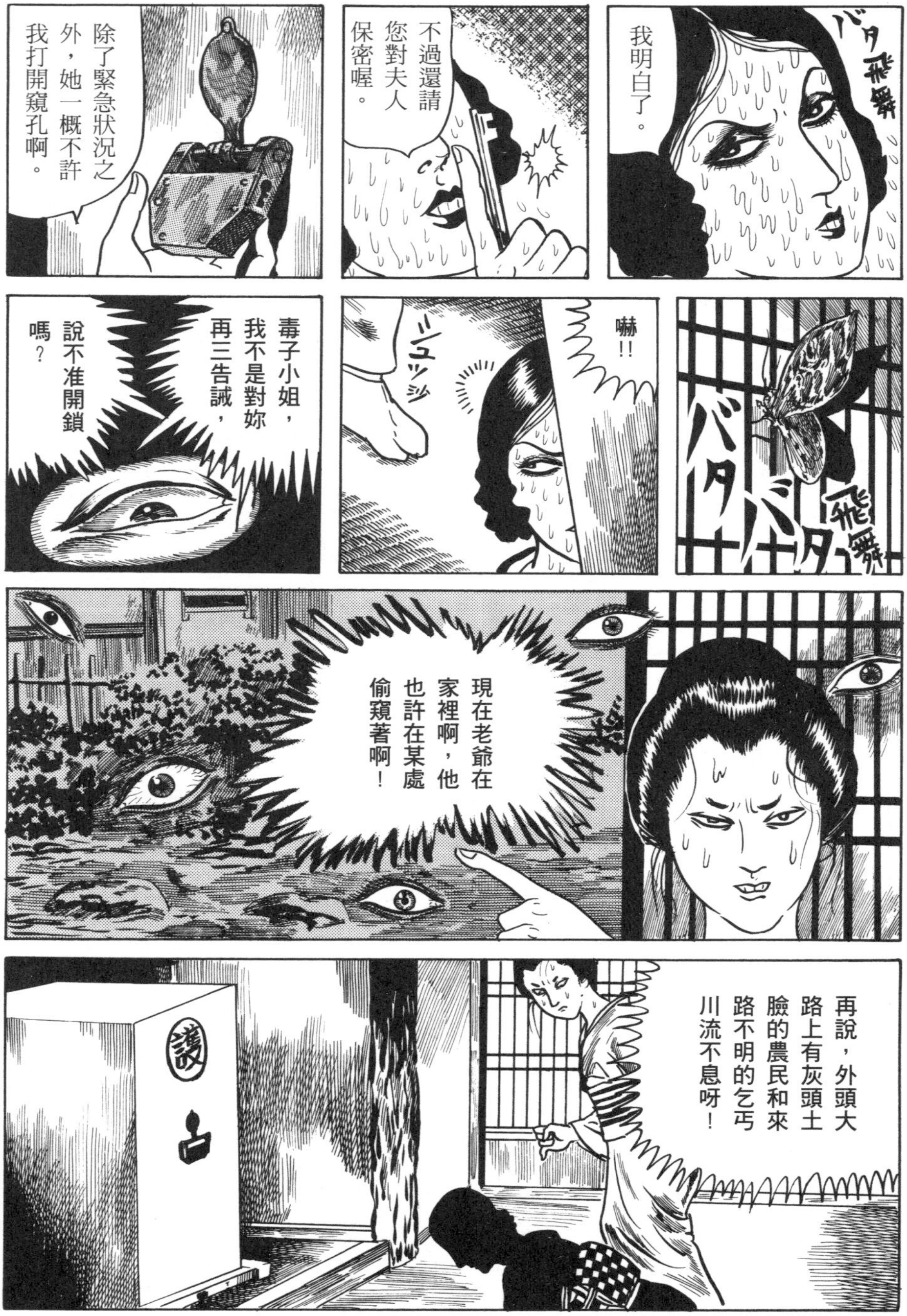

バタ飛舞
我明白了。
不過還請您對夫人保密喔。
除了緊急狀況之外，她一概不許我打開窺孔啊。
バタバタ飛舞
嚇!!
シュッシ
毒子小姐，我不是對妳再三告誡，說不准開鎖嗎？
現在老爺在家裡啊，他也許在某處偷窺著啊！
再說，外頭大路上有灰頭土臉的農民和來路不明的乞丐川流不息呀！

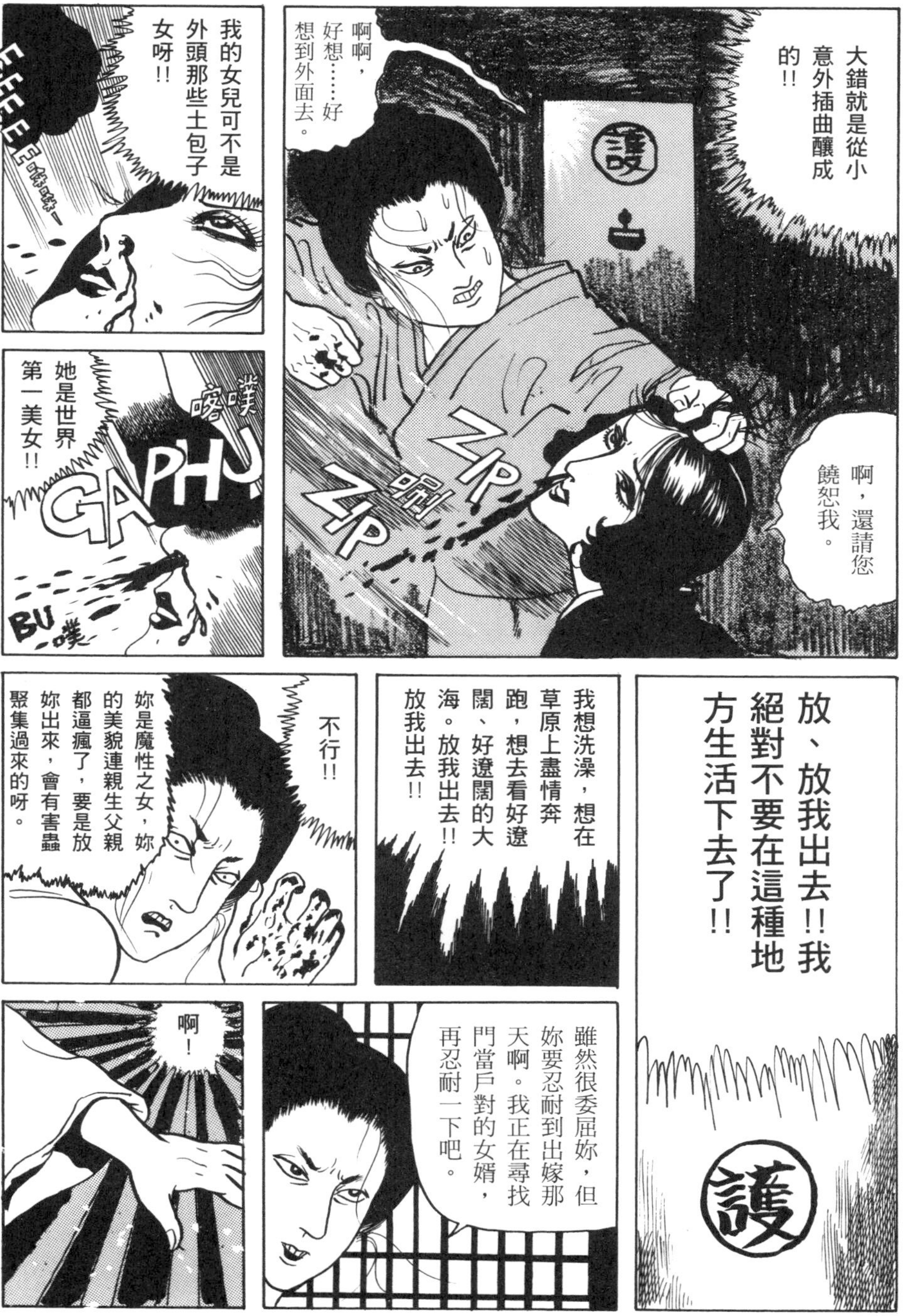
大錯就是從小意外插曲釀成的!!
護
啊啊，好想……好想到外面去。
啊，還請您饒恕我。
ZIP
唰
ZIP
我的女兒可不是外頭那些土包子女呀!!
EEEE
她是世界第一美女!!
喀噗
GAPHU
BU
噗
放、放我出去!!我絕對不要在這種地方生活下去了!!
我想洗澡，想在草原上盡情奔跑，想去看好遼闊的大海。放我出去!!放我出去!!
不行!!
妳是魔性之女，妳的美貌連親生父親都逼瘋了，要是放妳出來，會有害蟲聚集過來的呀。
護
雖然很委屈妳，但妳要忍耐到出嫁那天啊。我正在尋找門當戶對的女婿，再忍耐一下吧。
啊!

是誰在那裡!!
是誰
你、你這臭蟲，
你是壞東西，你盯上了我的女兒吧！不可原諒！
唔唔!!
モソ扭
モソ扭
モソ扭
我要宰了你！
去死吧!!
ヒィヒィ嗜嗜
ゼイゼイ吁
壞蟲!!
壞蟲!!
ジャラ沙
ジャラ
ジャラ沙
ジャラ
沙ー
ミーン
ミミン
唧唧唧
ミーン

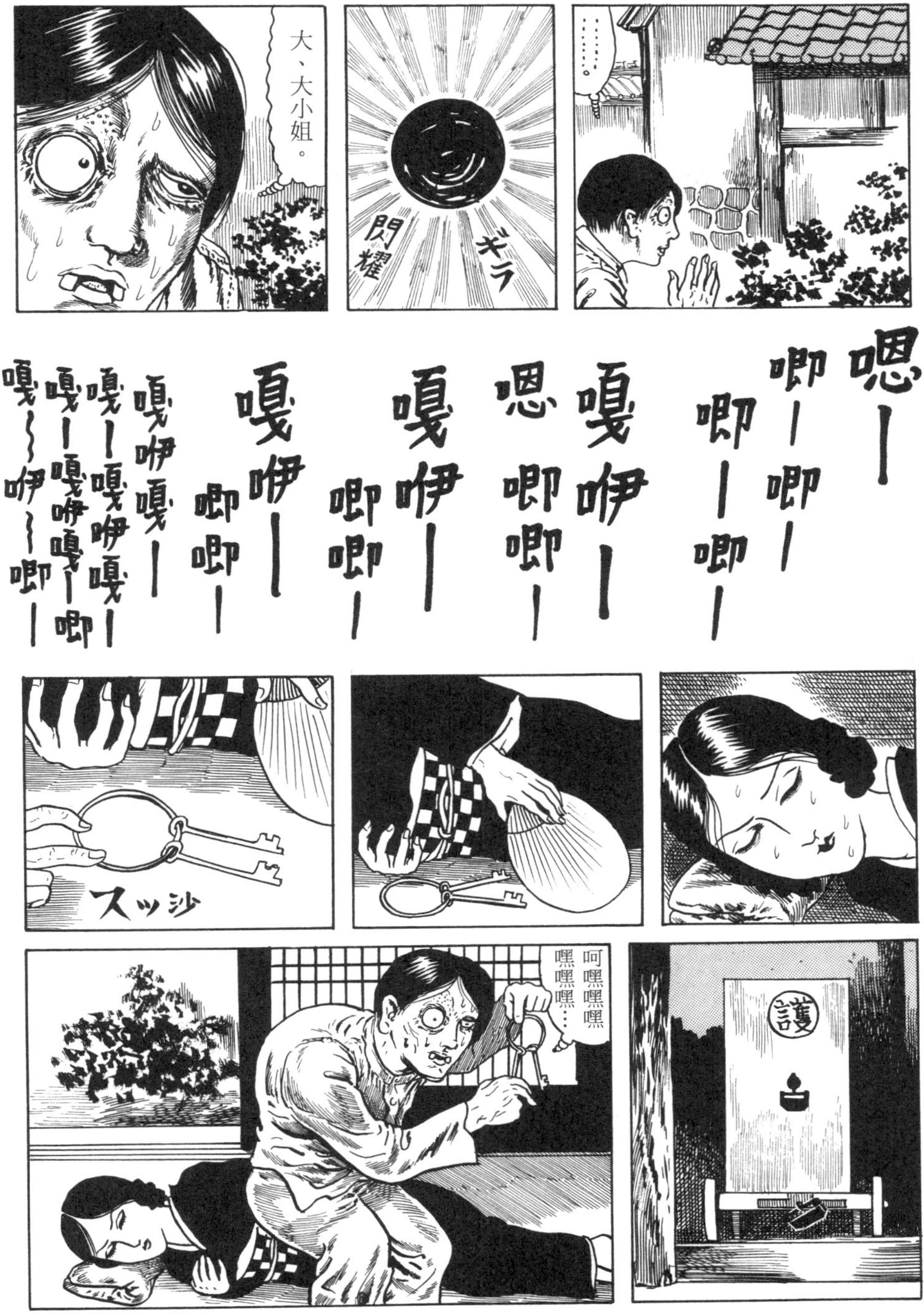
……。
ギラ
閃耀
大、大小姐。
嗯ー
唧ー唧ー
唧ー唧ー
嘎咿ー
嗯唧唧ー
嘎咿ー
唧唧ー
嘎咿ー
唧唧ー
嘎咿嘎ー
嘎ー嘎咿嘎ー
嘎ー嘎咿嘎ー唧
嘎～～咿～唧ー
スッ沙
護
呵嘿嘿嘿嘿嘿嘿……

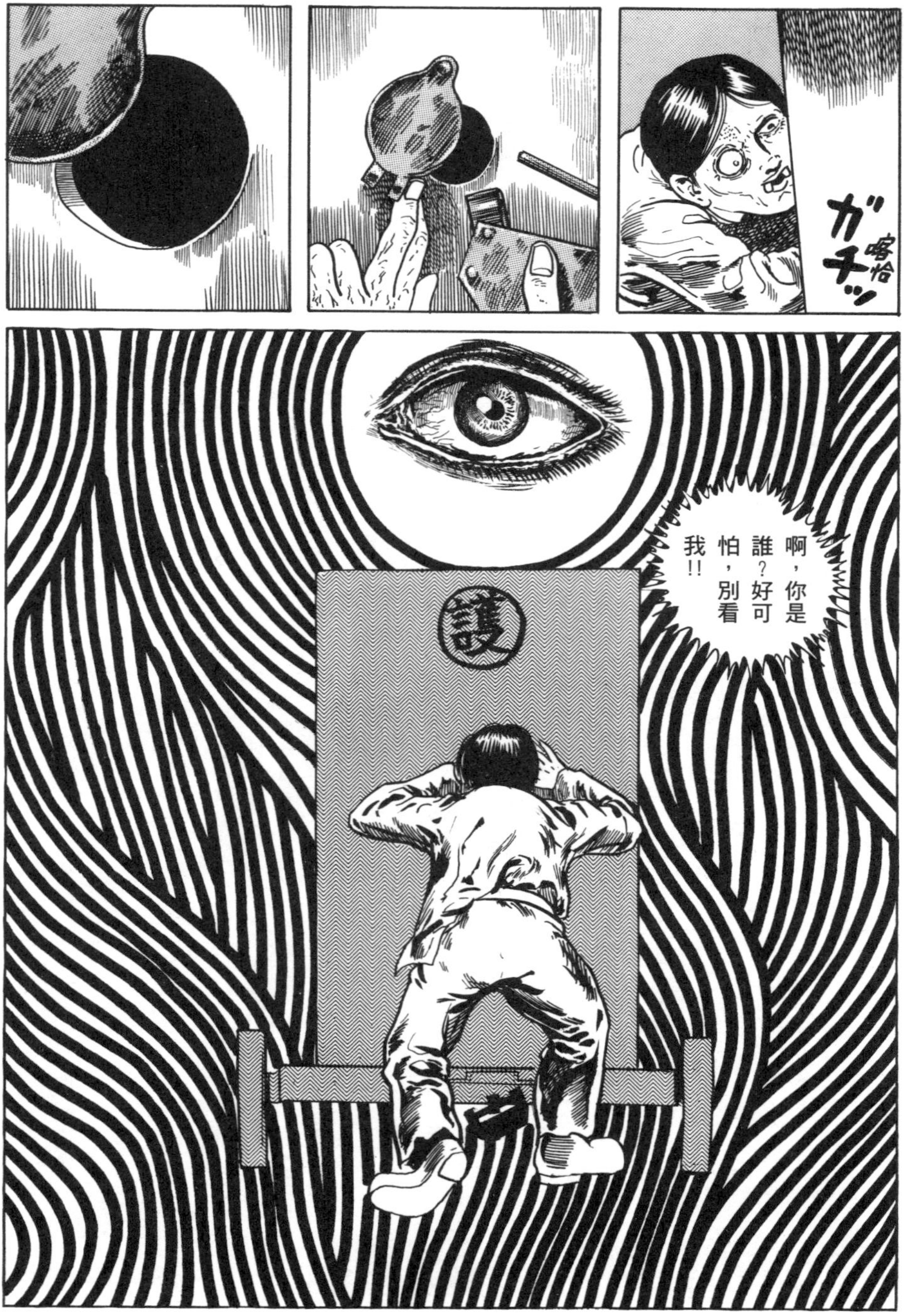
ガチッ
喀恰
啊，你是誰？好可怕，別看我!!

ㄟ嘿嘿嘿
啊!!
妳、妳說什麼!!
他用那隻醜陋的眼睛看了我女兒？多麼淫賤啊，不可原諒，不過是個下人還胡搞!!
還請饒過我啊，我一不注意打起瞌睡了。
唔，我好恨啊。把他帶進倉庫，我要立刻施虐。
SM懲罰！我要讓你的眼睛再也派不上用場。
嘎嗚嘎嗚……嗚咕咕咕……
茲茲……

ギョロー
咕嚕—
ギャーッ
吱—
毒子小姐，我要解手。
是，是。
ガラ喀啦
ギイ
嘰—
毒子小姐，我每次來到茅廁就會很悲傷。我的進食和排泄…
カター
喀答

都要透過箱底這個洞進行……我好想乾脆跳進茅廁裡，從這逃出去。
ガチッ
喀恰
哎呀，真低級。
真不像大小姐會說的話，太沒品了，真討厭。
唔唔唔唔。
ガッチャーン
匡啷
嗯唔唔
我
我的眼睛
眼睛好痛。

千里呀，開心起來吧，妳總算可以出來囉。
妳的兒時玩伴勝一要入贅進門囉。
咦!!媽，妳說的是真的嗎？
ゴロゴロ空隆空隆
真的呀。他現在有地位了，在東京功成名就，幾天前才凱旋回歸村內喔。
勝一有頭有臉，又是妳的初戀情人，這下沒得嫌了吧。
大小姐，恭喜妳了。
真開心，我總算可以出去了，快點開鎖！
不行，意外最容易發生在即將達成目標之前。我和勝一談過了，要請妳忍耐到婚禮當天喔。
護
ゴン
轟
ガタ
匡啷
我、我的眼睛眼睛眼睛啊……

老公，昨晚的暴雨損壞了茅廁的一部份。請你修好，不然被誰偷窺就慘了。
我、我接下來得去見木材行的人，晚點修。
女兒的結婚典禮明明就快到了呀……真無情。
ガラ
啌隆
ガラ
喀啦
呵嘿嘿嘿
ジョー
嘩啦
大小姐……

キャー呀
啊，大小姐，妳怎麼啦？
沒、沒事。
我、我沒怎樣。
咦？婚禮延期？
是的，真是萬分抱歉，我得整理退貨有的沒的……
這樣啊，那就我們等到明年五月吧。
為了表達歉意，請你們讀這本暢銷書給她聽，幫她打打氣。
呃……川崎老師※的……
哎呀，還要再一碗嗎？
太好了，原本以為延期會讓您喪氣，結果食慾變成兩倍呢。
而且最近體重也一口氣增加了。

※應是指川崎行雄，《Garo》出道漫畫家。

雪融，
花開，
五月來臨。
呵呵呵呵，大家都忘了我的存在。不過我很幸福。啊，大小姐，花吉我……花吉我……
啊啊，真是喜氣洋洋啊，新郎之心如五月天晴。

各位，那戶人家就是了，再撐一下。
哇——
這、這是怎麼一回事。
啊啊……怎麼會。
這、這到底是……
唔～
嚴加提防到那種地步，卻……
難、難道說……
喔，乖乖乖。
真可愛呢。

〈箱內明珠／完〉

因果
花輪和一

啊啊!!不要，不要啊！
妳……妳還真是死不認錯啊。給我安靜!!
救命啊。「拜託你了。」
我……我發誓，我是清白的，請務必……
雨
しとしと
しと～

明明是春天，和煦的天氣去哪了呢？
啊……什麼時候才能拜見太陽呢？
真的是很錯亂的天候呢。
ぐぐ
吸
ペッ
呸！
定、定吉，我的膿很臭吧。
對不起，真的很對不起……
沒那回事，夫人。
要吸出膿……
就只能使用我的嘴巴了。
今年大年初一到春天為止，一天也沒放晴。也許是因為這樣，我的膿包一直好不了。
啊
痛
好
好痛!!

啊，請忍耐一下，一定要消毒才行。
來……請將身體……
美艷動人的尊夫人
咿——救命，救命啊！拜託你！
喂，難看死了啊。
啊，不要，不要，
這……這是……
「光在那擺手蹬腿，真俗氣。」

這樣啊，我明白了，既然妳這麼說，我就再調查一次吧。
放心吧，我不會砍妳了。
呼。
ぐいっ
按
カタン
撤
啊
であっしっ
喝咲

ぐふぅぅ 咕呼呼
ギャ 呀
く 呃
う 唔
失手了呢。
ぬ 啊
ぶ 唔
推
ひ 呼
ぶ 噗
ガ 喀
ひ 呼
哈—哈— 呼—呼— 哈哈哈— 呼哈哈 呼哈— 哈—哈—呼哈 咿—嘶—嘶—

嗚嗚嗚嗚……
我、我是無辜的啊~~~
くひい
唔咿
抓
ゴトッ
叩咚
ぼたぼたぼたぼた
答答答答
ああ
啊啊啊
バサ
啪答啪答
弄……
弄不掉……

夫……夫人呀。
定吉。
身上是三家徽黑色卷羽織，手持紅穗十手，內心卻無比骯髒的町內同心※。今夜也下著含恨之雨……嗎。
淅瀝
オ——怪咧。
何謂卷羽織？
當時的搜查官會將羽織下擺捲入腰帶下方。
那女人留下這麼大的仇恨，就那樣掛了。
回到自家
真嚴重的傷啊。

※同心為江戶時代維安人員，類似今天的警察。

當天
深夜⋯
嚇！
哎でい
怨
妳、妳迷途了呀。

成佛吧！
咻
嚇
嚇
咻
「喔，喔……」
定、定吉……
ガタ
定住
醫……醫生，去叫醫生。
幾個月後
我好心疼夫人，老爺總是待您冷淡，結果還出這種事……
定吉。

這也是基於職責。老爺的內心一定也很痛苦吧。斬首人這差事人人討厭，但總得要有人來做。
夫……夫人，我打算照顧您，以您的手自居，直到我死的那天。
定吉。
我絕不會為夫人增添不便。
很、很臭吧。
沒那回事。
吸
ゴクン
定吉也——在伯勞啼叫的時節逃離侍奉的主公，在下雪的夜晚被夫人撿回家，待到今日。
啊……手……好、好痛呀……
住嘴。
氣血虛也 氣血虛也 非當班時間的翻雲覆雨

悲
您喝成這樣……不回家也沒關係嗎？
雨之介從以前就和某個藝伎有深厚的交情，如今他更為此人傾心，而非身體有殘缺的妻子。
藝伎
這種日子不喝不行，錢我有的是。奉行所給了我兩分錢作為磨刀費用。
とくとく 咕嚕
這麼說來……您今天又將罪人的頭……
嗯……喂，夕顏啊，假如我尚未成家，妳會願意和我結為連理嗎？我只是想問問看……
哼，說那什麼傻氣的話，要是能成為雨之介大人的人，就算要我當妾也沒關係。那會是多麼開心的事啊。
ぼぼぼ 冒
這樣啊……
ふふ 呵呵

手的復原狀況很好……再一陣子就能解開繃帶了……話說這雨真會下呢。
辛苦您了。
我總是把骯髒的事情塞給你做，這真的好令我心痛啊。
能、能幫夫人的忙，我很開心。沒有比這更令我開心的事了。
來自夫人的一切，
都很美。
就算是，就算是……
任何東西都是很美的！
定……定定定吉——
你不可以……你不可以說那樣的話！
要是、要是被人聽見……
我不在乎，夫人。

這一年降下非常多雨水，進入水無月後，煩悶感又增加了。而且還有一個令人毛骨悚然的狀況，大量燐火四處飄盪。
梅雨下個沒完，毒菇瘋狂冒出，驚人的濕度使得棉被、榻榻米都吸滿水氣。
也許人心也變得陰沉了吧，極惡犯罪變多，雨之介經常擔任斬首人。
喳
どく
ギ
喋
因此，雨之介這陣子內心疲乏，無可避免地，大白天就會產生許多幻覺、幻聽。
「嘿嘿嘿嘿！」
濕濕黏黏的卻不能洗澡，讓你擦一下就會非常……
於是在某天，終於出事了。

啊啊，好舒服啊。
啊唔
啊
妳這妓女!!
在下外出時，你們兩個至今幹過什麼好事…
定吉，你染指別人的所有物，竟然能裝傻到今天，真有你的啊。
我絕對不曾非禮夫人，只有一次，有一次……來……來來來……來來……
你要我去哪？
不、不是的，呃……我只有一次來…來回撥弄了乳房一下，但只有一下而已啊。
唔
不義私通。
小的罪該萬死，請饒了我吧。
定吉。
既然你這麼想要她，那我就給你囉。

咦!!
不過，我不會白白……
給你。
『哇——』
賞他一刀
呵、呵、呵、呵、呵、呵。
嘻嘻嘻嘻，受苦吧，我就想看你受苦。
『啊。』
如何啊？沒了手，你就照顧不了這個妓女了。
嗚嗚~~嗚嗚~~
就……就算沒有手，我也還有嘴巴。我會用嘴將食物送進她口中，照顧她。在茅廁裡也一樣。

「多麼丟人現眼……」真無禮！荒唐！說那什麼丟臉的話。太離譜了！太離譜了！
隨口亂噴那些髒話，我忍無可忍了。「蠢蛋，畜生！」
真的像蛆一樣低賤呢。「捏死他們吧。」
陰曆五月雨
自四方
匯聚流淌
地獄之河流
妓女
憤恨攻心的雨之介將兩人綁起來，拖出戶外。宅邸後方的地獄川狂吼：「前來地獄吧。」夕顏則說：「快殺了他們。」在那冷冷催促之下，雨之介終於陷入瘋狂，紅唇顫抖，黑髮濡濕披散。刀子出鞘擺好架勢後，那刀尖的白刃使得「饒命啊」的求救聲也為之凍結，通紅燐火也被撩亂刀光照亮。下冥土去吧！他說，並冷酷地刺穿兩人身體。他們承受著強烈的痛苦，表情扭曲。「我好恨呀。」血淚滿面。「我做鬼也不放過你！」兩人就這麼漂走了。
血湧成海

我好恨啊
怨
我會出來作祟
殺死礙事者
舒爽新家庭
呪
祟
時光飛逝，兩年過去了。新生活固然開心，但對雨之介而言，這是不斷遭逢惡靈作祟的兩年。不管怎麼說，都很令人厭惡的兩年。
他碰上了極為可怕之事。
要是碰上那種事，任何人都會自殺或發瘋。因為那是非常令人厭惡之事。雨之介已瀕臨瘋狂，但他已經算是非常能撐了。
猛按
咚

所謂非常令人厭惡之事，指的是夕顏和雨之介生下了一對雙胞胎……
嗚嗚
嘛嘛
夫人，嗯嘛嗯嘛。
啊，這是什麼樣的因果報應啊！
定……定吉，啊叭啊叭。
猛咬
吸
會斷掉啊，啊啊……
要是不快想辦法，會斷掉啊，啊，要斷了。
啊啊，要斷了，要斷了，斷掉的話斷掉的話，該……如何是好啊。

吁、呼
呼—呼—
呼—
按
ギ
どろり〜〜ん
垂
路旁石頭也被供奉了食物。盂蘭盆節據說是死者之靈回到陽世的日子，而雨之介所在的城鎮也迎來了這天。
老公，我們會這麼不幸，一定是因為那兩個人在作祟。事到如今也許已經太遲了，但我們誠心誠意地迴向功德給他們吧。
害怕黑暗
在、在下好害怕，已經五天沒睡了。一閉上眼睛，就會有巨大的水車嘰哩嘰哩地轉動。

醒著就會耳鳴，妳則生了原因不明的病，孩子又是那副德性。
十手、捕繩也被沒收了，我們到底會落魄到什麼地步呢？
沒料到活下去會這麼痛苦，卻也沒有勇氣自殺。
窸窣
ゴソ
該如何是好？怎麼辦？
老公。
窸窣
沙沙
ガサ
ガサ
ゴソ
送魂水燈兮
浮沉漂蕩
漸遠去
地獄之河流
請原諒我們，毫不迷惘地…
啊
成佛去吧。
撲通
どぶん

這時候出事了——啊啊
チョンギース
啾唧~嘶
チョンギース
啾唧~嘶
那兩個孩子
一再拉扯
夕顏的腳
チョンギース
啾唧~嘶
豈不是將她拖入——
地獄之河了嗎
チョンギース
啾唧~嘶
チョンギース
啾唧~嘶
チョンギース
啾唧~嘶
チョンギース
啾唧~嘶
チョン
啾

雨之介面對著惡夢般的光景，一聲不吭，沉默無言，終於徹底發瘋了。他無法朝向地獄竭力吶喊或戰慄發抖。然而，令雨之介寒毛直豎的因果報應才剛要開始。
因果
第一部 完

〈因果・第一部／完〉

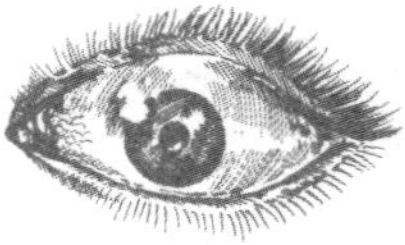

因果
那應該是么子……六歲左右發生的事。
暑熱
從死法來看，犯人肯定是個變態。如此說法流傳著。
她去西方……
極樂世界了。
葬禮結束後第四天，這次輪到第二年幼的孩子，在掃完墓回家的路上……

被野狗襲擊，咬死了，就在兩個孩子面前。
接著，在守靈的當晚啊……輪到第三年幼的孩子……
喝下味噌湯後，痛苦掙扎而亡。聽說是有隻壁虎不小心跑進去了。
如何？光是這些就很不尋常了。聽起來像胡謅的，但絕對真有其事。
還是這樣看待吧：果然是因為有某物在作祟。
搬到那房子不到十天，
接連死了三個人呢。
那房子至今所有居住者全都橫死了。
很可怕呢。

總比住在跳河自殺之橋的下方，過著乞丐生活好得多吧？
聽說，您以前也曾因人之生死或幽靈而深受折磨？
以前的事就別提了。
好的……
我只是覺得，要是能請這方面經驗豐富的人過來……
然後呢？唯一一個活下來的女兒多惠怎麼了？
這個嘛……父母雙亡後，她一面照顧妹妹一面試圖在新家打造新生活，結果立馬碰上這種事，任誰都會喪氣吧。

沒辦法一個人活下去了，到親人的身邊去吧。她心想，於是上吊自殺。非常少女的思維。
然而……她獲救了。
她運氣不好，剛好路過的雲水僧救了她，真是多此一舉。
他幫她蓋上被子，大大說教了一番，要她別尋死、活下去。看她似乎想通了，他決定就此離開，結果跨過門檻的瞬間……!!
絆到腳……
唉唷唷
て
就那樣死了，三、兩下沒命。
混帳東西，你想欺騙在下吧！說謊也有個限度！
不，這些都是事實，雖然像瞎扯。

好啦，多惠得救了，可是……她的脖子歪了。
啊……也許是因為那樣吧，才有人放風聲說多惠變成了轆轤首，說她入夜就會舔油。
這就是由來。
她好像還說過想出家當尼姑吧。
也因此，她經常去家門前面的刑場上香。
為示眾的人頭點香，還拜它們呢。不過大家都認為她腦袋壞了……
某一天，她得知其中一個人頭，是殺死她最年幼妹妹的變態的項上人頭。這下子，該怎麼辦呢？她陷入深思，靜立良久，結果不知不覺間，天完全黑了。請試著想像，遙遠山上的寺院傳來了飽含陰氣的響亮鐘聲，咚咚咚。

又胡扯!!
哎呀呀。
回過神來，多惠發現有三道黑影出現在背後，不知是何時溜過來的。
呀啊啊!!來、來人啊，救命啊，饒了我吧，不要，不要！
她正想發出這種喊叫聲的瞬間，那些黑影……便讓多惠的身體動彈不得了。
據說那三道黑影是硬闖關隘的大惡棍，日後落網，遭到處死。
多惠雖然碰上一連串的慘事，但也有一線光芒照向她。她有了戀人，還和對方論及婚約。不久後……

黑暗又襲向了她。多惠有了身孕。喏，就是那三道黑影讓她懷上的。
就在即將獲得幸福的前一刻，碰上了這種事。她頓時倒下，臥病在床。
她蓋上好幾件棉被，設法瞞過前來探病的戀人……
在壁櫥內，獨自產下孩子。
嬰孩被她遺棄在野槌淵藪了。

她和戀人舉行了樸素的婚禮，只邀請最親近的人出席，之後速速去了江戶。
不過一個月後，她又突然跑了回來。而且是獨自回來。
ズー
窣
到達江戶後，男人讓多惠去珍奇秀演出，自己顧著喝酒，成天鬼混，聽說最後另結新歡。所以多惠才獨自歸來。
於是，她又住進了那房子……結果呢……可能是以前供養的人頭成了後患吧，一入夜……
人頭便會攀附在紙門上，偷窺室內。

因為他們覺得多惠伸長脖子，扭來扭去舔油的模樣很有趣。
啊，快到了，多惠家就在那片林子的另一頭。
那顆人頭的眼睛彷彿充滿恨意，你認為他盯著哪裡呢？
哪裡？
多惠的家。
所有人頭都瞪著那房子，因此恨意才滲到裡頭去。

多惠白天會躲在地板下面，不會出來，晚上才會出來。
她出來之後，請你向她表達愛意，說謊也無妨。
然後和她睡吧。
多惠要是有男人，就不會變成轆轤首，人頭也不會來偷窺。
晚上要是落單，她就會太過寂寞，變成轆轤首。
她嘗了那麼多苦頭，因此我想讓她稱心如意地生活。我認為這是我身為表弟……
該做的事。一般都會這麼想吧？
每過一晚，我就給你二兩。
其他地方找不到這麼好賺的活喔。
哎!!
天要黑了，天要黑了！
我先走一步了。
那就麻煩了！

ジギョギョギョギョーン
唧唧唧—唧
……!!
!!
我是多惠。
請你愛我。

嗯哼……
妳殺了三個親妹妹吧？
咦？
而且還色誘雲水僧，殺了他……
而且還撒了數不清的謊。
為了追求異常的快樂，妳不惜做到這地步嗎？
你、你為什麼會知道？
初次見面時，妳過份親暱地拍了在下的屁股，說「唷」，我心裡就有底了。
妳是好色殺人狂，去死吧!!那麼……再見了。
熱成這樣，一天總是會冒出一、兩個狂人呀。

〈因果・暑熱／完〉

好(豪)冷
因果

座敷牢※
大……大小姐，讓我去茅廁。
我不想去呀。
喂，不對，不對。
不是那個啊。
啊……真令人焦急。
啊嗚……我、我好像忍不住了。

※軟禁室，但有寢室、起居室的功能。

你、你搞什麼啊!!
呼喚
彦吉!!彦吉!!過來!
呼喚
唔!
吃驚
唔!
好、好的!我現在過去。
行
竟然漏成這樣，給我重重處罰彦吉。
尿

恨死我了，狠狠教訓他一頓。
銀次，你竟然在大小姐背上出這種洋相……
咿，掌櫃，饒了我吧。
濕
你這混帳，離譜的傢伙。
ぴいたん
ぴいたん
劈拍劈拍
ぴったこん
劈拍
打
哎，我看不下去了！
憎
這樣對付他啦。
愛之深
恨之切
咬

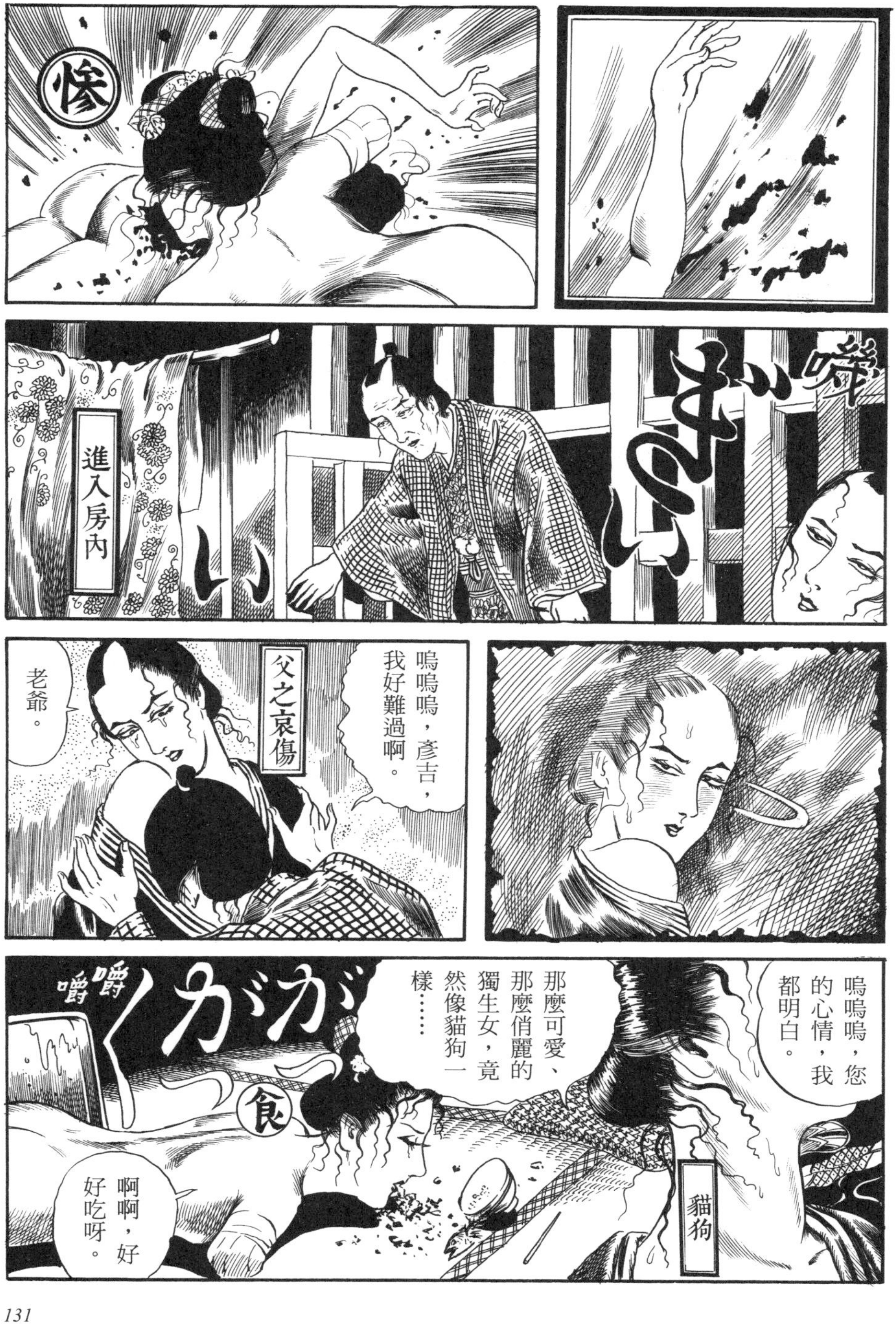
慘
嘩
進入房內
嗚嗚嗚，彥吉，我好難過啊。
父之哀傷
老爺。
嗚嗚嗚，您的心情，我都明白。
那麼可愛、那麼俏麗的獨生女，竟然像貓狗一樣……
貓狗
嚼嚼
食
啊啊，好好吃呀。

她還要背死多少個奉公人呀。
這已經是第三個了，啊，我好痛苦。
看來我束手無策了呢。
一定是我錯了，不該想著要給她一雙手。
老爺，看來束手無策了呢。
在我看來，至今這幾個奉公人都還是小孩，正值喜愛到戶外玩耍的年紀吧。
がっ
嚼嚼!!
啊……手，我想要手。
ダーッ
奔
悲
手丘手丘手丘
毬手丘手丘手毬
!

我還是小孩的時候會去釣魚、玩小偷遊戲、打仗遊戲……還有那個，叫「想要那孩子、想要這孩子」的遊戲。
啊啊，那個玩的時候會牽手吧。
想要……
那孩子!!
お〜い
喂〜
朝著悲傷
發出呼喚
お〜い
喂〜
を〜い
欸〜

然後呢，
至今的奉公都是男性，所以才會失敗。我是這麼想的。
不過有一點很棘手。
怎麼說？
因為小孩總有一天會長大呀。
所以呢……
嘀咕嘀咕偷偷說
わあああ
あああは
ははっ!!
哇—哈哈哈
大
笑
想過也過不去
おーい
喂～
川
哇、哈、哈、哈，你……你說得對呀，呵呵呵呵，真是服了你，服了你，嘻嘻嘻嘻，去茅廁的時候，
嘻嘻嘻，背上的手如果是堂堂男子漢的手，搞不好真的會那樣幹呢，呵呵呵呵。

う嗚
我也想要……想要手。
嗚嗚嗚嗚，彥吉，想想我的心情吧，我可愛的女兒竟然像那樣……嗚嗚…嗚…
老……老爺，我明白您的心情。
我有個想法。
ざばっ
嘩啦嘩啦
ざばっ
紅——色的夕陽，
染紅欄杆，
我是貧窮的蜆販，
媽媽已經死掉了。

咦？我爸？我爸也死掉了。
ああ～啊啊
入夜後，也無家可歸～
真辛苦呢，要這樣獨自一人活下去。
啊啊，完蛋了，在下就要在這曝屍荒野了。
來，小菊，回家吧。
咦!!我爸？我爸也死掉了……
叔叔，我們就要侍奉青林堂了。
幸福降臨了。
這樣啊。
太好了，不用再賣蜆了。
是呀。

來，小紗，
何謂犧牲的精神？
是。
那就是櫻畫報※精神。
不計自己一人的功名，朝死亡前進。一號機被擊落了。
喝!!
二號機!!
二號機被擊落了!!
喝!!
三號機。
就像這樣，不為自己，而是為了大家奉獻自己的一切，以七生報國的精神奉公。我認為這就是犧牲的精神。
是呀。都是多虧有大小姐在，自己才存在。
那麼，妳接下來學習裁縫吧。
奉公人注意事項
一主人所說之事

※赤瀨川原平在學運逐漸勢衰的七〇年開始連載的諷刺漫畫。

很用功呢。
喀啦
啊，老爺。
我女兒小時候騎到一匹凶暴的馬…啊，都是我太疏忽了。
彥吉，拜託你，一定要成事，我女兒好可憐呀，嗚嗚。
老…老爺，我明白你的心情。
這女孩記性好，手也靈活。
這樣啊。
彥……彥吉，拜託了，一定要……
老……老爺，我都懂。
菊!!接下來輪到妳囉。
妳又忘了山怎麼寫嗎？
大小姐的頭腦很靈光，手要能跟上才行啊……

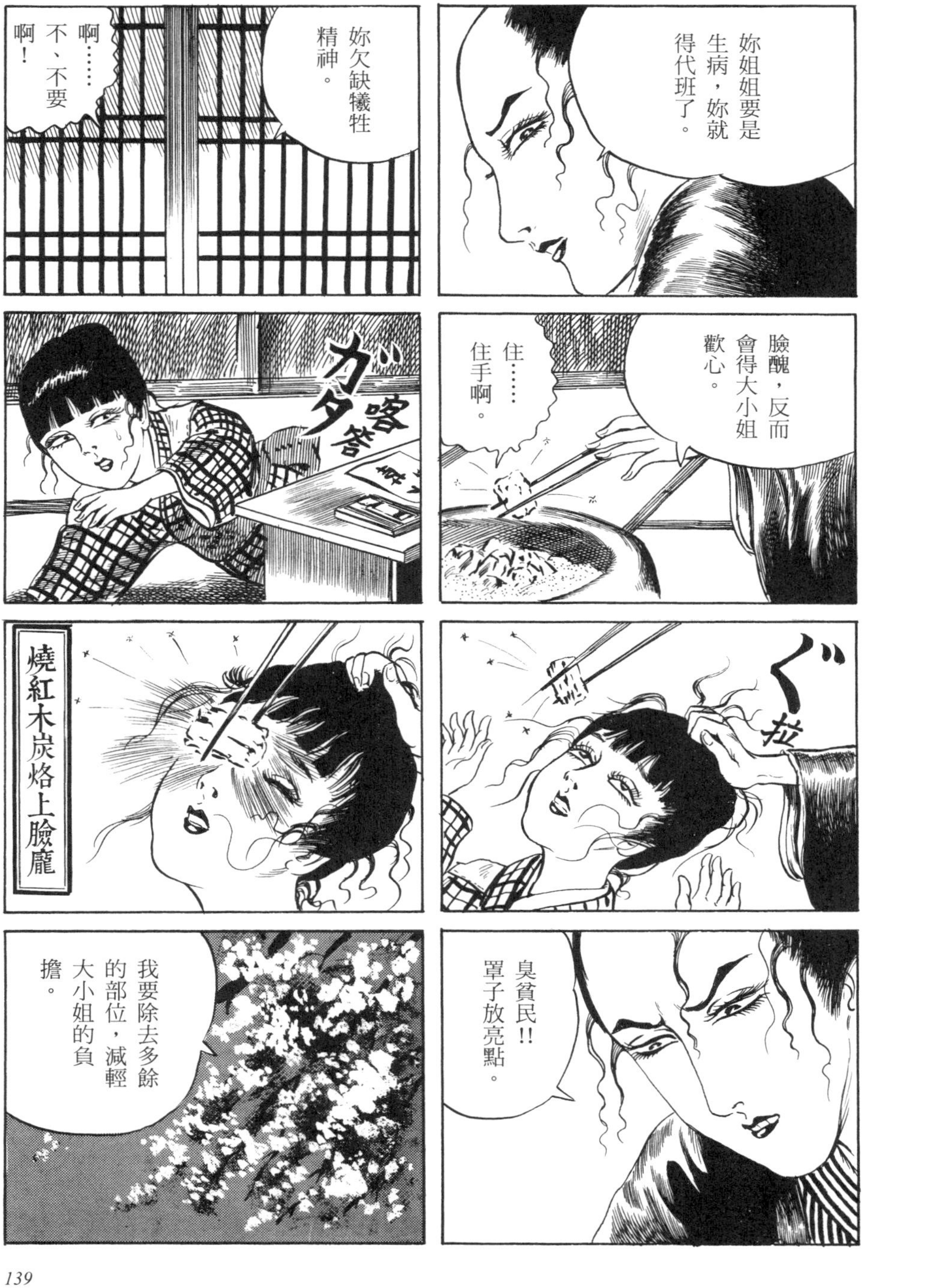
妳姐姐要是生病，妳就得代班了。
妳欠缺犧牲精神。
啊……不、不要啊！
臉醜，反而會得大小姐歡心。
住……住手啊。
カタ
喀答
拉
燒紅木炭烙上臉龐
臭貧民!! 罩子放亮點。
我要除去多餘的部位，減輕大小姐的負擔。

どか
咚

他呀，路過時總是會看我喔。
喔呵呵呵呵。
我已經是亭亭玉立、沉魚落雁的美女了，嘿嘿嘿嘿！
我喜歡那個人，呵呵呵
那是裁縫店的小慎喔。
臉紅
ひっ
咿!!

把手放進我嘴裡。
是。
がぶっ
咬
ぐぎっ
嘎嘎
ぐぎっ!!
嘎嘰!!
いやっ!!
不要啦!!
他不是在看我，不是我……
真不甘心，真不甘心！
我也是談得了戀愛的呀，只是不找對象罷了。
因為戀愛很痛苦呀。
對了，去做做木工，轉換心情吧。
彥吉——彥吉——給我工具！
とっとっとっ
噠噠
トントン
咚咚咚
喀啦哩，鄰組※～

※戰時歌謠〈鄰組〉歌詞，鄰組類似後來的町內會，即居民自治團體。

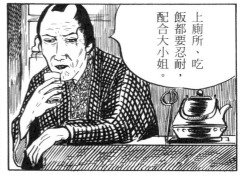

砰
好、好痛。
大小姐，請別移動身體。
好啦，接下來我要切這裡喔。
嘰—嘎
啊
啦
嘰—嘎
啊啊啊！
上廁所、吃飯都要忍耐，配合大小姐。
自己雖然存在，但要當作不存在。
是的，老爺。

來，看看妳不吃不喝，
能忍多久吧。
六天左右可以吧？
好的。
要為了我女兒忍耐呀。
聽好了，妳自己一個人不許去任何地方。
不管去哪，都得背著我去。
妳哪裡都不准去。
所以，所以…

就算讓妳幫我弄這些，我也不會覺得丟臉。
是的，您說得完全正確。
為何要哭？喂，妳為何要哭？
別那樣，別那樣啊，
別哭啊。
別哭啊，別那樣，我叫妳別那樣。
唔!!是，我不哭了。

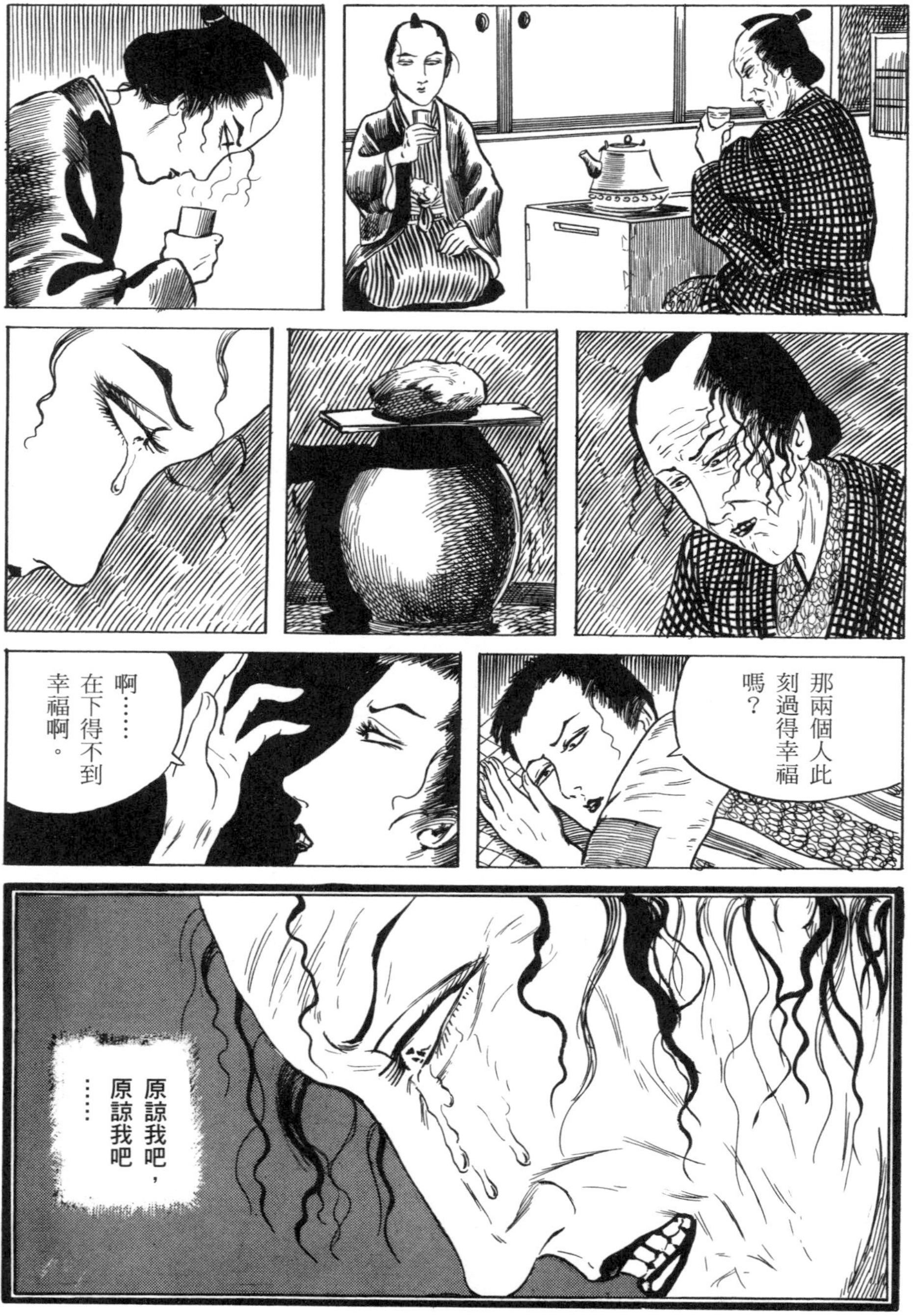
那兩個人此刻過得幸福嗎？
啊……在下得不到幸福啊。
原諒我吧，原諒我吧……

〈因果・好冷／完〉

肉豪邸
恥悅交織弑親姊之圖

我初次穿過這大宅之門，是在三年前的春天時分。
桃彥先生
虐次郎
我
是的，我在友人虐次郎的帶領下前來相親，與桃彥先生⋯
相遇了。

失去雙親的桃彥先生，獨自一人住在這棟大宅中。
後來，我們結婚了。
桃彥先生，餐膳要涼掉了呀。
嗳，桃彥先生。
……
當時，虐次郎先生為什麼不告訴我呢……

如果知情的話，我就不會
落得如此悲慘的下場了。
然而，已經太遲了呀……
啊啊，為時已晚。
是我太輕率了。
桃彥先生他……
桃彥先生他……
患了可怕的疾病。
夏天來臨，我終於忍受不住，去見了虐次郎先生。

沒先告訴妳是我不好，還請見諒。不過呢，還有誰會娶妳這種三流藝者啊？
阿琳，我和妳來往很長一段時間了，我深信妳一定能治好桃彥的病。
咦？那種病有辦法治療嗎？
有!!
辦法只有一個，但有就是有!!——那就是——!!
太、太恐怖了，竟、竟然得做那麼恐怖的事……
哈哈哈哈，確實離經叛道，但別無他法了。這點小事，每個人夫人婦都做得到啊。妳愛著他吧？默不作聲，他也不會懂的啊。
我不小心愛上了桃彥。甚至覺得，如果是為了他，要我去死也沒問題。啊啊啊啊啊！虐次郎那番話，將我的內心拖往泥沼的底層……

我將親姐姐喚至豪邸，終於下手了。地點在棉被房。
呀啊
果真如虐次郎所言。那天過後，桃彥先生的病情一下子就有了起色。
幸虧我動手了。此後我也能得到身為女人的幸福了，姐姐，多謝妳。

殺一個人，殺兩個人，殺五個人，殺一百個人，都一樣呀。
幾天後，虐次郎冒了出來，對我說這些話，
啊，已經無法控制……
我的心了，啊啊啊……
啊啊，尋常小學生遇難圖

桃彥先生，我愛你呀
—望你早日康復唷—
我就這樣悄悄將少年少女帶進宅邸中，接連對他們下手。屍體埋在地板下方，或院子的角落。
伯勞鳥……
ギギ
嘰嘰—!!
啼叫著。時序入秋，我也已經殺了十個人。
噴
噴
就在那晚秋的某日，我終於撞見了那幕!!不甘心，我不甘心……

啊啊!!他們……
啊啊!!桃……
他們，
啊啊、啊
啊，虐次郎先生，我不想再過虛假的夫妻生活了。我已經不能忍受那個蠢婦的頭髮臭味了呀，嗚嗚。
小桃彥，再忍耐一下吧，你的病很快就會完全康復，屆時我們再暗中解決那個女的，一起過幸福快樂的日子。
在那之前，為了以防萬一，才讓那個女的走險路呀。
ぶっ
噴
這味如石榴的人肉，是一定要吃的。沒有其他藥能治好這種病了。
しくしく。
嗚嗚嗚嗚
剩餘的篇幅不太夠了，所以當晚，我立刻砍下睡夢中的兩人的首級。我用的畢竟是德國製剃刀，兩人噴出大量汙血，當場死亡。真是活該呀。
呵呵呵呵——呵
喔呵喔呵喔呵
呵、呵、呵

不過這樣還無法平息我的怒火，所以我效法桃彥，挖下兩人的臀肉，吃進肚子裡。
三年前，我就這樣遭兩人所哄騙、利用。
啊啊，第三個春天即將到來。
那兩個人，將我的未來搞得一塌糊塗。因為——
琉璃病乃是透過琉璃菌傳染的…
可怕的惡性傳染病。
カタッ
完
1972.1.25

〈肉豪邸／完〉

此乃明治三十五年春天之事。

作戰女
配角
配角
女主角

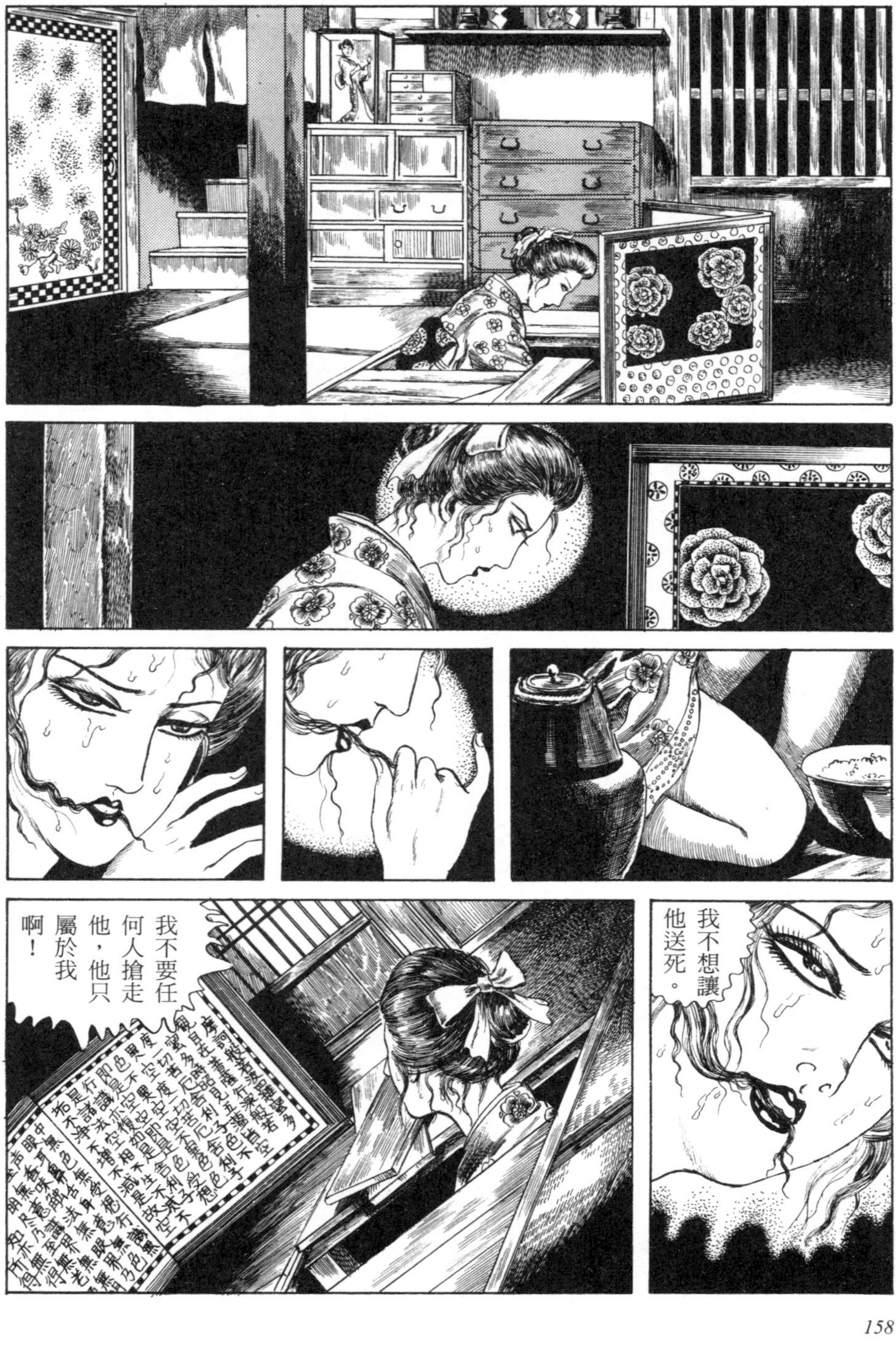
我不想讓他送死。
我不要任何人搶走他，他只屬於我啊！

※縫了一千個針結的腰帶或布條，作為出征者的護身符。

三兩下就逃跑啦日本兵
打仗啦
打仗啦
軍
權力豬
諸位讀者啊，願君勿死於沙場
與謝野晶子 女士

寧死也要盡忠露西亞兵
喂—！
ウラー！
可別說妳不知道喔。
可是我……
哥是自願要出征啊，妳如今卻……

※《英勇凜凜琉璃色》為淺田次郎自傳性散文。

※為俄國工作的間諜。

這身體……這……
啊啊，請、請妳住手呀。
這身體說它知道哥在哪，快招！
我……我不知道呀啊啊……後庭好燙呀，請……請饒了我吧。
とつげ
突擊
万歳
わっ
哇
啊，可喜可賀的光榮戰死 淚眼向左右道別
天……天皇陛下萬……
萬……
萬……

嘩啦
笨蛋!!
バキ 啪
抱歉，小犬他……
不要緊。
刺痛 刺痛
大量起水泡
呼呼呼
我…我才不要把他交給任何人…
啪
性次郎先生。
你只屬於我喔。
吃飯囉，今天呢……

啊啊……
放我出去!!讓我離開這裡，我要打仗，我要趕快……為了國家…
般若
空度
不行，你有被虐性之心，上戰場會主動去接子彈。
嘩啦——……
我一定會讓性次郎醒悟過來，接受我的苛虐之愛，等著瞧吧。
好想到外面……
脫
為何……為何不懂我對你的愛……

今天吃我的聖水茶泡飯喔，趁熱吃，心懷感激吃。
大接接，位置太高高了。
閉嘴！你要猴戲，我也不會放你出去的。
嚼嚼
好開心啊媽媽
臭
嗯咕咕
不要給我，嗚咕……一時的迷情，
尿
咕喳咕喳
收到的情意……
食
ガス
嘎
戳
こっ
唔
要吃就吃，要唱就唱，選一個。
啊……好想出

青林堂
青林堂
今天我一定要問出哥哥的下落，不論要用什麼方法……
去第十二號妾的家。
是。
町
ガ
抱歉打擾了。
開
開
啊
啊
咿
放
和坊画

強制性飲用水
ゴクン
咕嚕
唔～～好鹹啊，好鹹啊。
哥、哥哥！
發現!!
妳幹的事真不得了呢。

哥，振作啊！
唔
砰、ゴキ
敗
終於走到戰敗這步啦
棗子樹會面處枉何方
水師營
戰敗了戰敗了
天下大亂

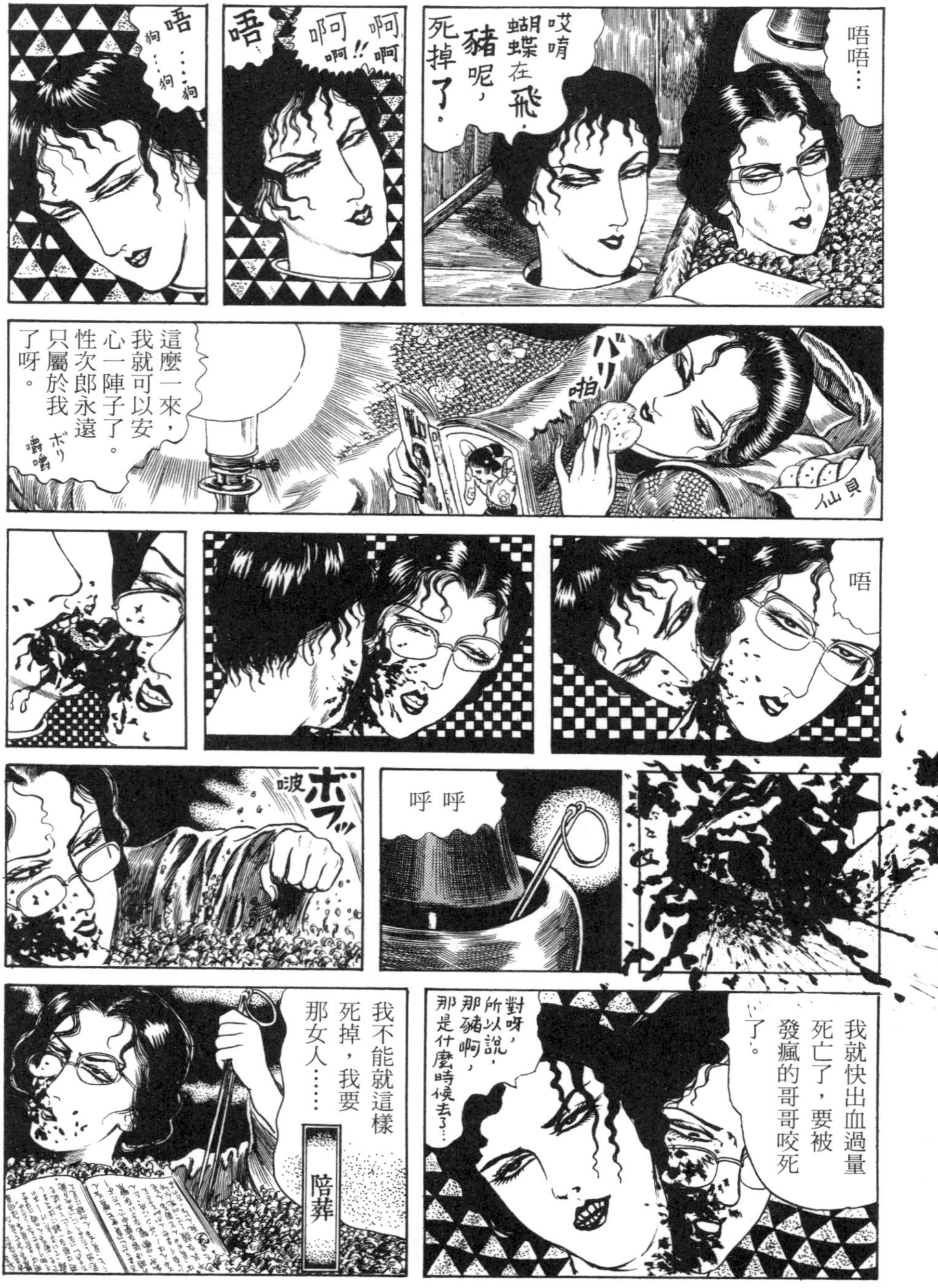
唔唔……
哎唷
蝴蝶在飛，
豬呢，
死掉了。
啊啊
呵啊!!
唔…
唔……
狗……狗……狗
這麼一來，我就可以安心一陣子了。性次郎永遠只屬於我了呀。
バリ
啪
ボリ
嚼嚼
仙貝
唔
ボフッ
啵
呼呼
我就快出血過量死亡了，要被發瘋的哥哥咬死了。
對呀，所以說，那豬啊，那是什麼時候去了…
我不能就這樣死掉，我要那女人……
陪葬

隔天早上
呀——
咕喳
ちょ
噴
よっ!!
ひひ嘻嘻
はは哈哈
啊、後庭好痛啊，好痛啊——
感覺也想吃看看大便呢
昨日之敵為今日之友，街坊正為日俄戰爭這層戰爭關係喧鬧著。
倒——
死
完

〈作戰女／完〉

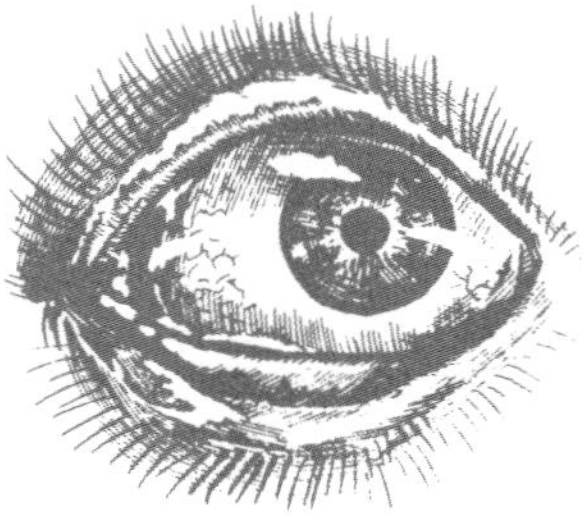

珍奇物小屋
祭
祭
今天起的三天，鎮上有廟會。
隔壁鄰居金寶的媽媽，帶三吉來廟會。
金寶和他母親
三吉

金寶，別走散囉。
是的，媽媽。
阿姨，好熱鬧耶。
大路兩旁有許多攤販，排成長長的隊列。
媽，謝謝妳，我好開心喔。
金寶，你好好喔。
金寶今天很開心呢。

啪
啊！
啪 啪 啪 啪
哈哈哈哈哈哈哈哈哈
金寶，快停啊！
ガーコン
ガーコン
嘎～叩
媽，這個叫什麼啊，呣喳呣喳。
叫棉花糖啊。
很好吃吧？
棉花糖嗎？應該很～好吃吧。
ペ
啊，時間差不多了呢。變裝遊行要上街囉，金寶，要睜大眼睛看喔。
祭
阿姨，我討厭棉花糖，所以不想吃。

嘰喀嘰 咚
嘰喀嘰 咚
鏘啦哩叩鏘
鏘啦哩叩鏘
嗚沙哩叩
嗚沙哩
嘰喀嘰 咚
嘰喀嘰 咚
鏘啦哩叩
鏘鏘
鏘
ピー
嗶
看，他們出來囉。
阿姨，抱我——
哇，好厲害喔！
啊！

啊啊，別推我，我也想看廟會啊。
阿…阿姨、金寶，你們在哪？
啊

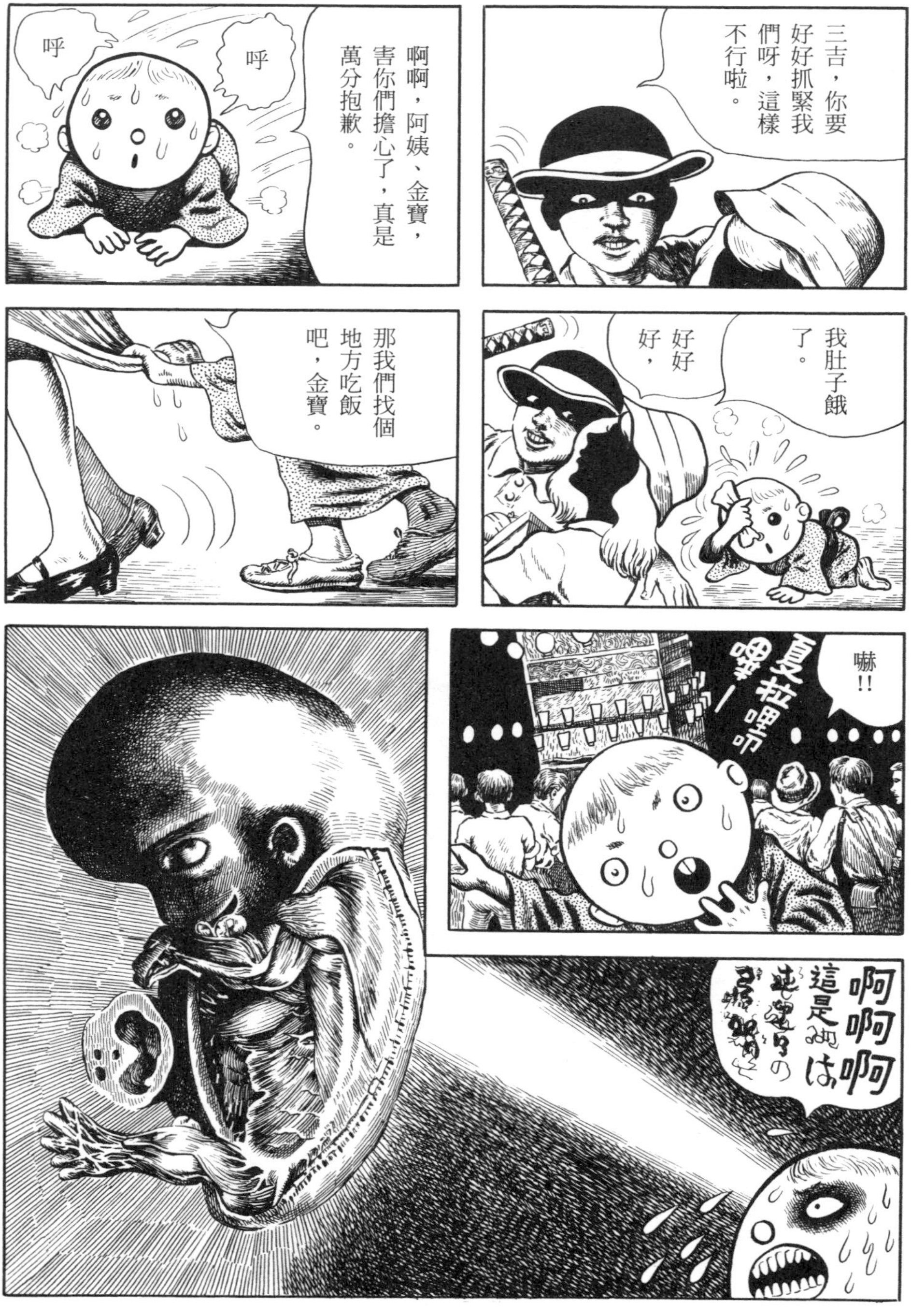
三吉，你要好好抓緊我們呀，這樣不行啦。
啊啊，阿姨、金寶，害你們擔心了，真是萬分抱歉。
呼
呼
我肚子餓了。
好好好，
那我們找個地方吃飯吧，金寶。
嚇!!
夏拉哩叮嗶—
啊啊啊啊
這是ゐは

へび
蛇
呀啊啊
看啊啊啊
咕茲茲
嗚嘎嘎
咕呵咕
啊嗚
不要啊
來來來，
呀ー
ドス
咚
可憐啊，可憐的女孩。
哎，她父母種因，
結果小孩遭受報應。
哎。
入内欣賞一百元
ドス
咚
她的下半身
竟然……
是蛇啊，
蛇蛇蛇蛇，
唔嘻嘻，
是蛇啊！
へび女
蛇女

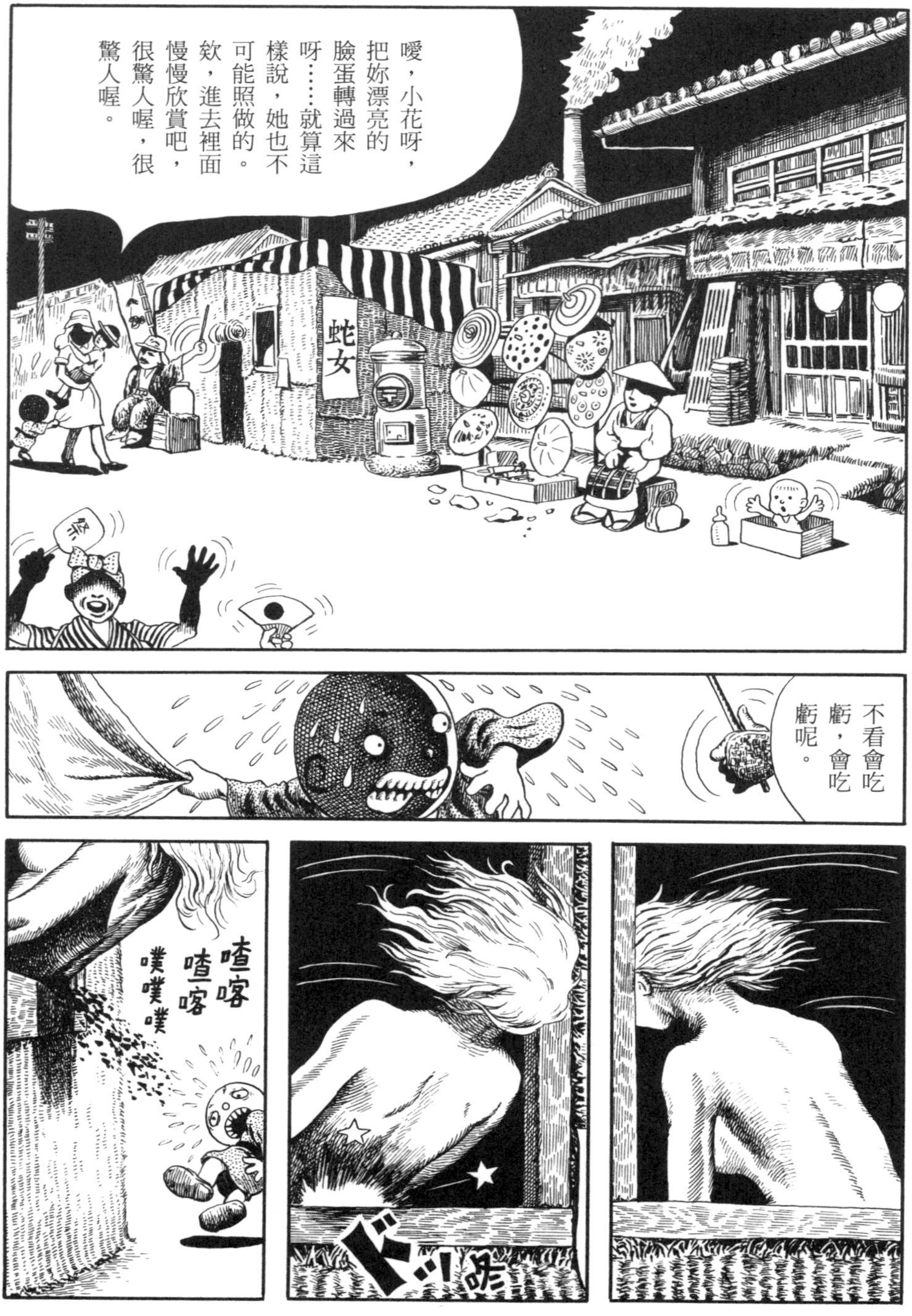
噯，小花呀，把妳漂亮的臉蛋轉過來呀……就算這樣說，她也不可能照做的。欸，進去裡面慢慢欣賞吧，很驚人喔，很驚人喔。
蛇女
祭
不看會吃虧，會吃虧呢。
喳喀
喳喀
噗噗噗
ドッ！咚

呀—
我看見了，看見了，那個人，那個人，真的好像蛇呀，好可怕，好可怕啊啊啊，我該怎麼辦啊啊啊！
トストス
嚓嚓嚓
我沒騙人啊，是真的，是真的，我親眼看到了。下半身…下半身是蛇啊啊啊，就說我沒騙人啊，是真的啊啊！
我好想趕快吃支那蕎麥麵啊。
好好好。
早知道、早知道就不看了，我沒騙人，是真的啊。

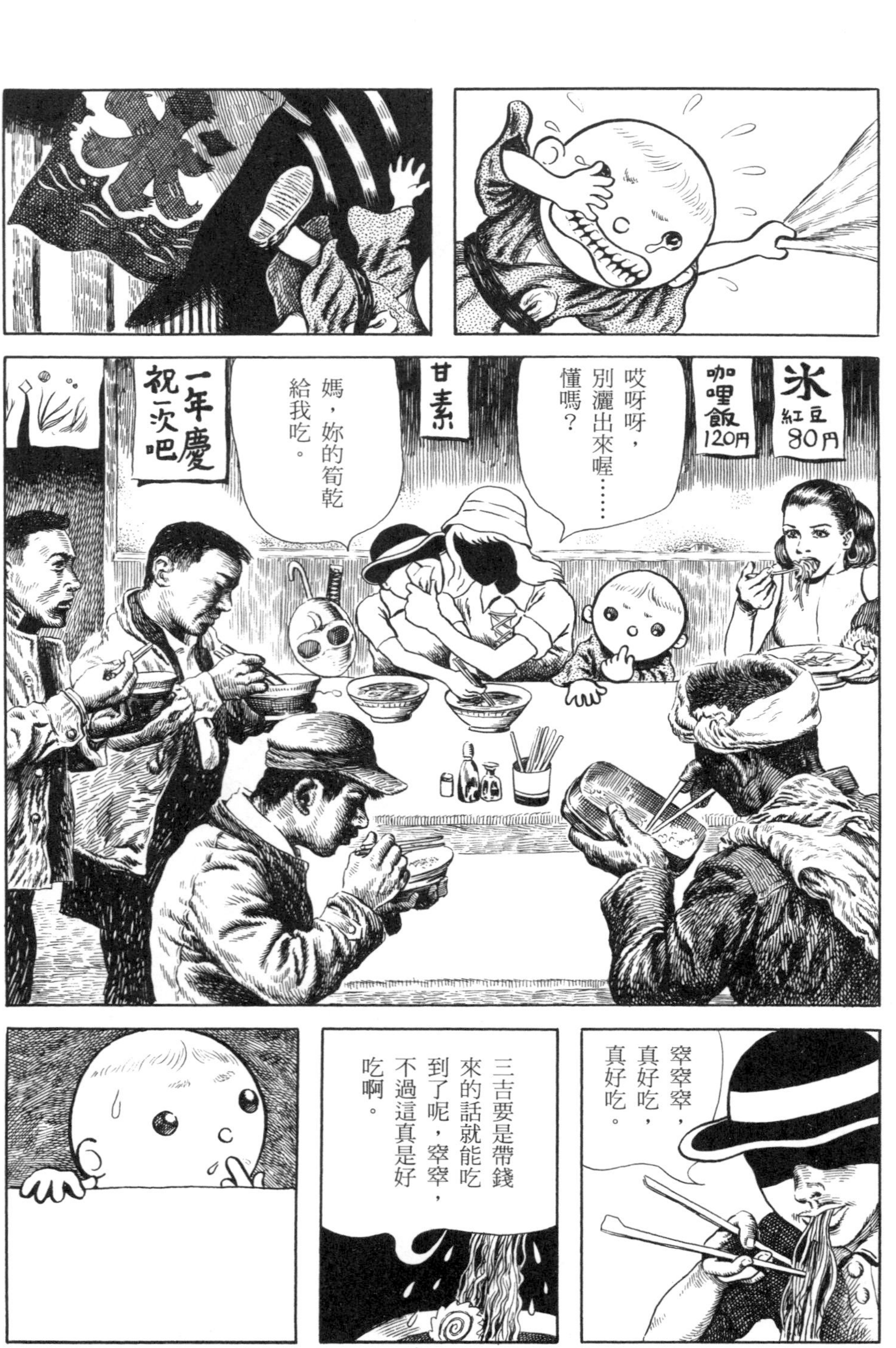
氷
紅豆 80円
咖哩飯 120円
哎呀呀，別灑出來喔……懂嗎？
甘素
媽，妳的筍乾給我吃。
一年慶祝一次吧
窣窣窣，真好吃，真好吃。
三吉要是帶錢來的話就能吃到了呢，窣窣，不過這真是好吃啊。

咕嚕~
キュキュ
啾啾啾
啊啊……好，好……好餓啊……我也想吃支那蕎麥麵啊。
唔。
是……是肉!!
ブーン
嗡~
ハクハク
嚼嚼
肉……

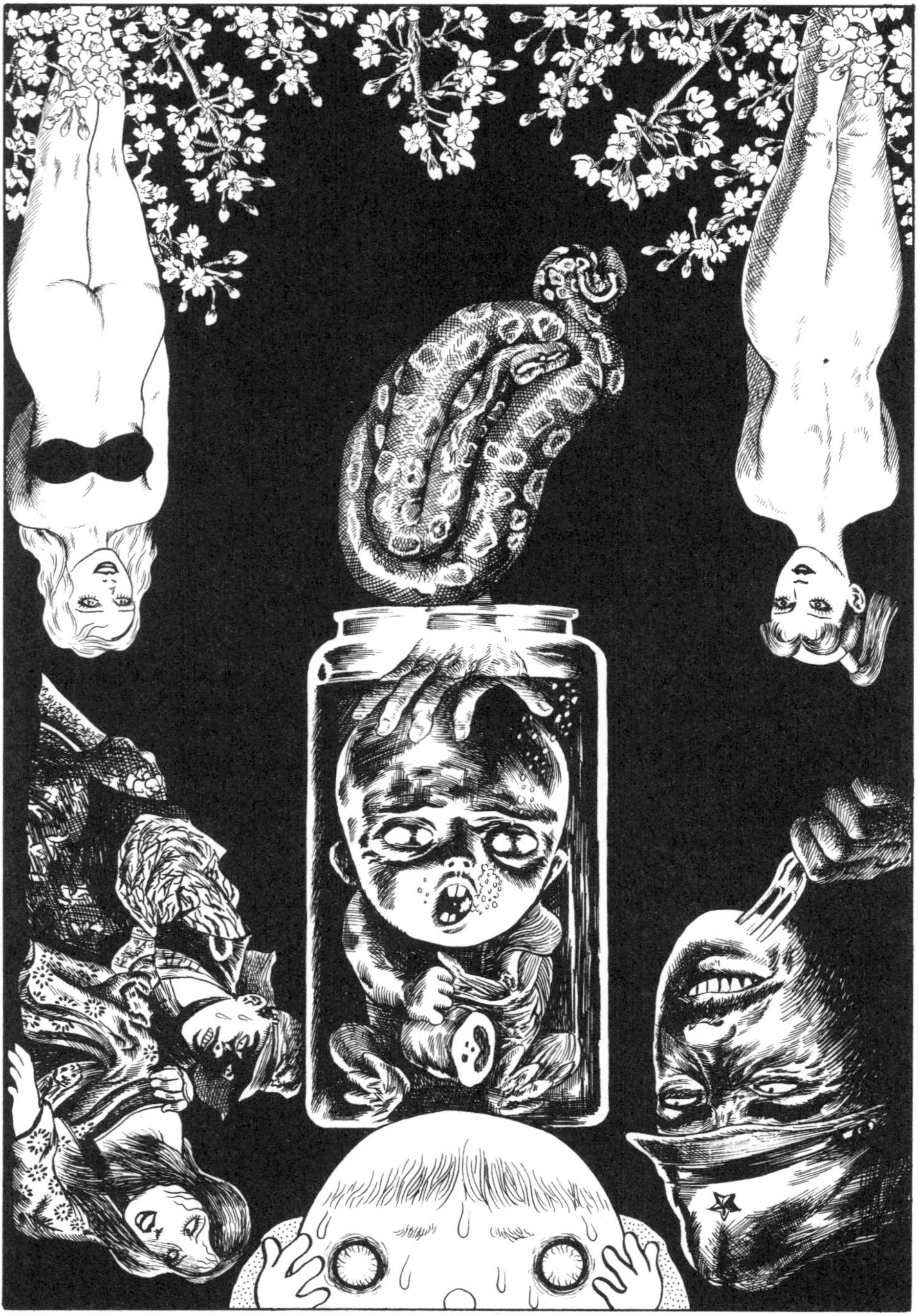

ゲェ～ノ
……
媽，帶我去廟會嘛。
チ啾
你這孩子吵死了，我很忙所以不能帶你去啦。金寶說他會去，就請他帶你去吧。哎，忙死啦忙死啦。
哈哈哈哈哈哈。
金寶好好喔。
嗯唔唔唔唔，好餓啊，好餓啊，為什麼，為什麼媽不帶我來呢？

カナカナカナカナ
唧唧唧
阿姨，今天真是謝謝您。
哎呀，這孩子睡著了，一定是累壞了吧。
媽，我回來了，今天很好玩喔。
拍嚓
パチ
我好餓喔，晚餐還沒好嗎？
熱死了啦!!
拍嚓
パチ

支那蕎麥麵很好吃喔，你知道嗎？
棉花糖像蜘蛛一樣呢，好鬆軟、好鬆軟喔，很好吃喔。
啾——
嘰——
嘰喀嘰 咚
嘰喀嘰 咚
喀答
喀答
咕嚕咕嚕
就算想吃，就算很餓，也要忍耐喔，也要忍耐喔，因為你是好孩子。
三吉，洗澡水變溫了，再燒一下。

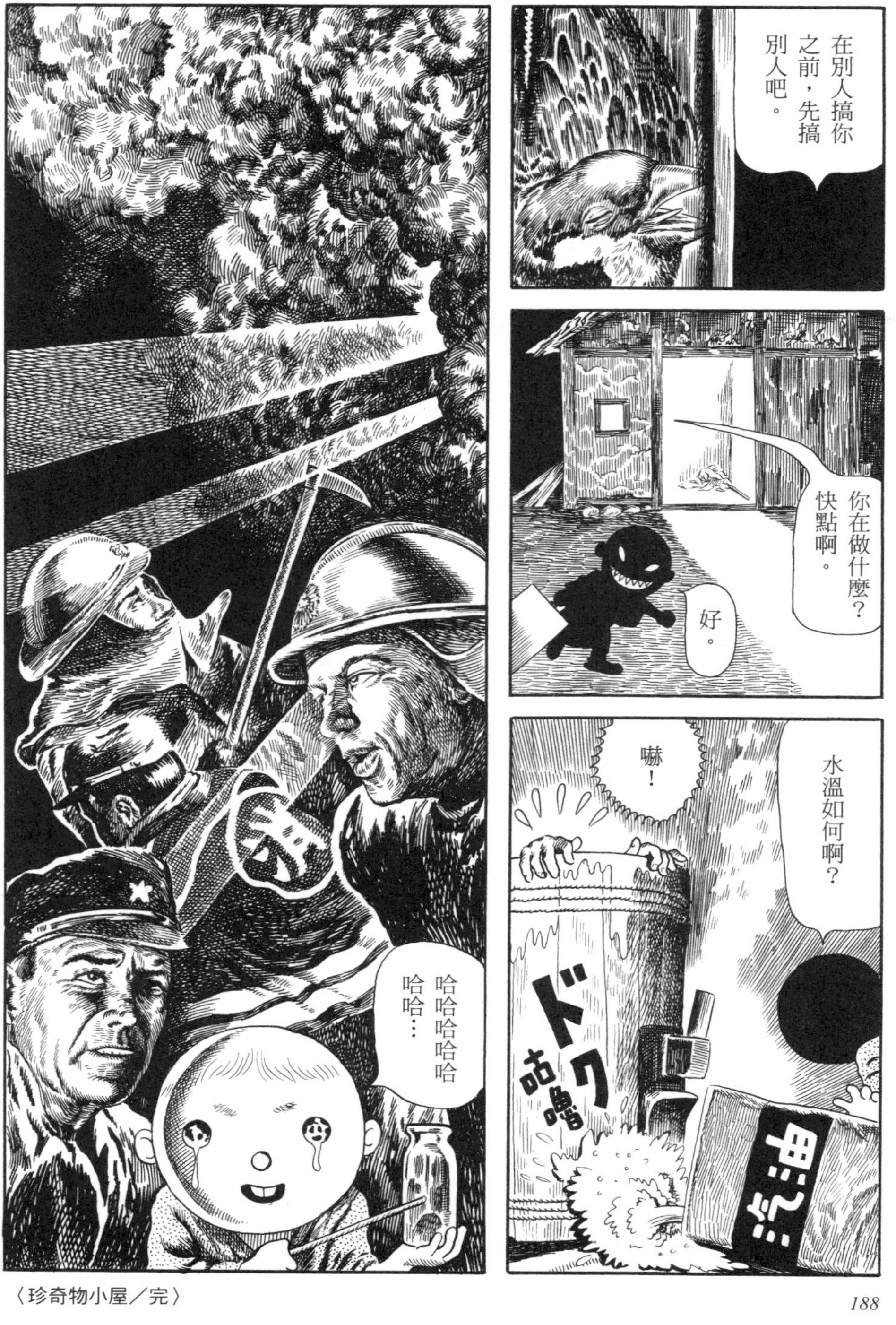
在別人搞你之前，先搞別人吧。
你在做什麼？快點啊。
好。
水溫如何啊？
嚇！
ドク
咕嚕
哈哈哈哈哈哈哈哈…

〈珍奇物小屋／完〉

月光

我在想，沒有霧霾也沒有霓虹燈的古早時代的月亮，應該比昭和五十五年七月的美上四點七倍左右吧。

在那月亮上的極——偏遠處……
啊，中午的貨物通過了。
咦？已經中午啦……午餐要吃啥咧。
機關車隨車員真好啊。

這星球的火箭有巨大的飛輪，因此被稱為「機關車」。
媽，怎麼啦？
ガッ
ガ咯
基列波列可在這種地方孵蛋啊。
真的是好險啊……
這傢伙的蛋得趁現在全打破才行。
啊！媽，等一下。
哈瑟先生喜歡這蛋，我拿去給他吧。
是喔。
不過哈瑟先生如果說不要的話，要拿去別的地方扔掉喔。
因為蛋會孵化出無比兇殘的生物。
嗯，我知道啦。

你好，打擾了。
烏塔爾奇庫庫機關區
唷。
少年聽哈瑟先生分享他成為機關車隨車員的歷程。
ブシュー
噗哧

首先要進入訓練班，接受基礎教育。
畢業後會被分派到機關區，職位是庫內手。
カッシャン
喀鏘喀鏘
新人每天都會被派去清潔最骯髒的噴射口。
用刮刀刮下厚達斯潘可分（約五公分）的煤灰後，
全身都會變得黑嘛嘛的，還得用乾草團把噴射口壁擦到亮晶晶。
在上方工作的前輩偶爾會……
喏，給你。
扔用舊的抹布給我。
真是感謝您！
新人拿到抹布，會開心到三天睡不著。

因為抹布當中滲入了油，
用這擦噴射口可以擦得很乾淨。
新人不許碰油，因此我們會小心翼翼把布收進口袋，
偶爾才拿出來，不捨地使用。
嘶
喔——成為隨車員的過程很艱辛呢。
喀鏘喀鏘
嗯，說得沒錯。
結束一天作業，正當你感到滿心歡喜時，博欣（組長）就來了……
窣
是髒的。
重掃！
那種時候要哭也哭不出來呢。

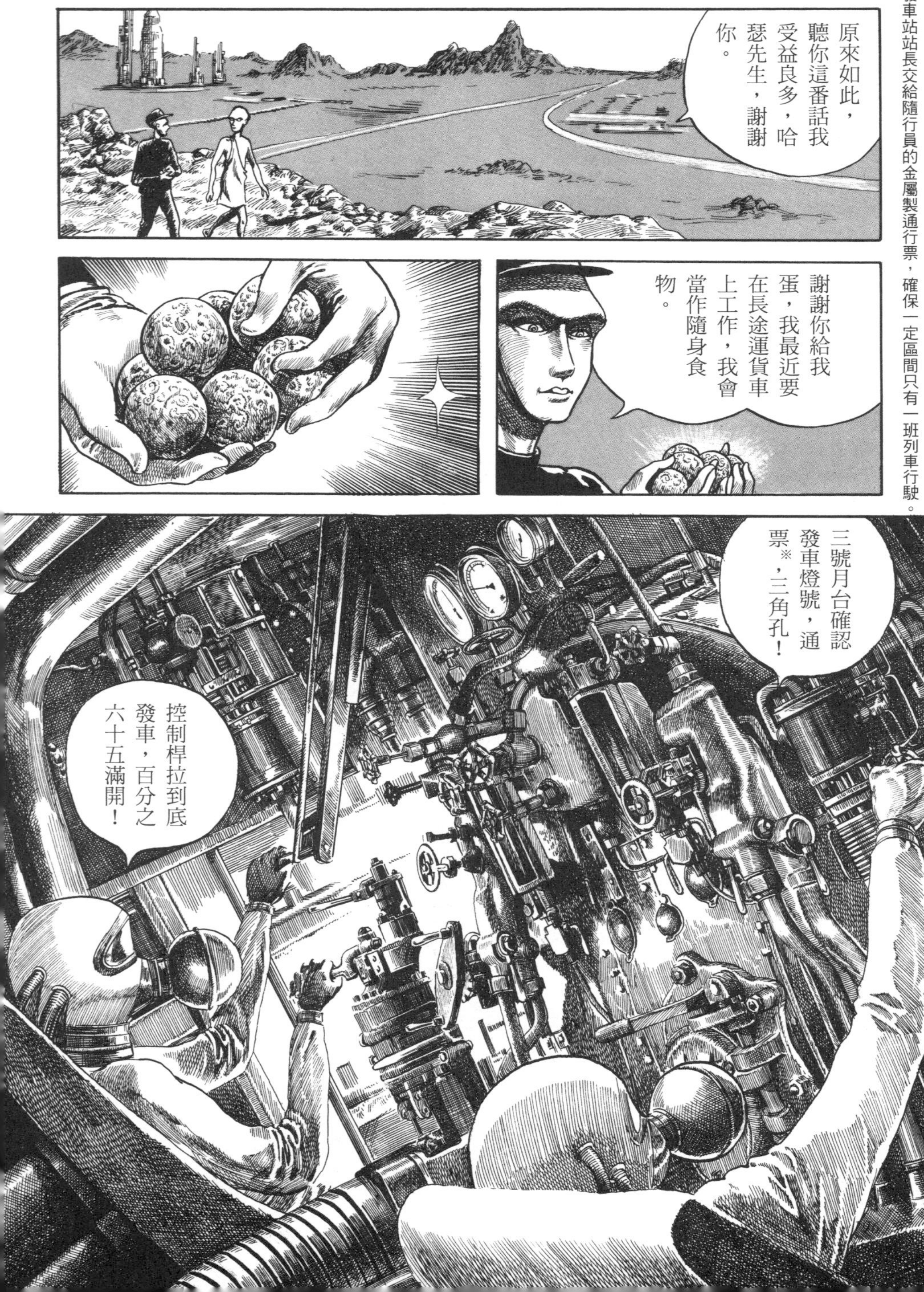
原來如此，聽你這番話我受益良多，哈瑟先生，謝謝你。
謝謝你給我蛋，我最近要在長途運貨車上工作，我會當作隨身食物。
三號月台確認發車燈號，通票※，三角孔！
控制桿拉到底發車，百分之六十五滿開！

※發車站站長交給隨行員的金屬製通行票，確保一定區間只有一班列車行駛。

轟轟
唰隆隆
啊！那會是哈瑟先生的車嗎？
正是。哈瑟先生飛向遙遠的宇宙彼方了。
梭梭
嘶嘶

ボー
嘟—
嘶嘶
梭梭
タタ
タタン
タタン
叩隆叩隆
ウチャン
ウチャン
ダダン
ダダン
那是壽永八年（一一八二年）的事，比蒸氣火車在八高線上馳騁的時代更——加更——加久遠。
乾旱從前一年持續至今，京都因而發生大饑荒。

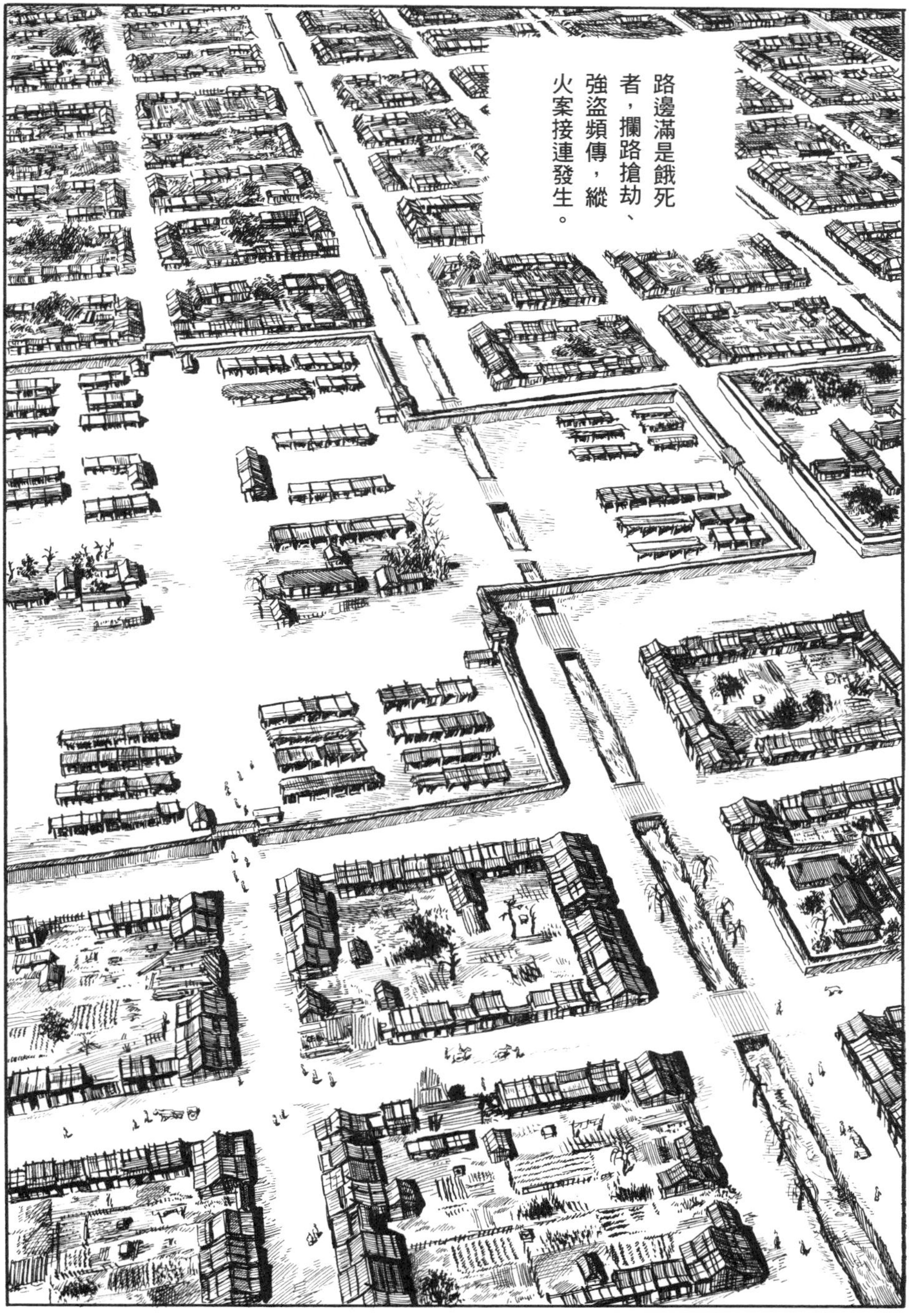
路邊滿是餓死者，攔路搶劫、強盜頻傳，縱火案接連發生。

相較於繁華的左京，
右京人煙稀少，
而在這裡的一條
冷清道路上
……
爸，你回來啦。
嗯。
晚餐煮好囉。
這樣啊。
老是勞煩你，真抱歉啊。
嗯，這真好吃。

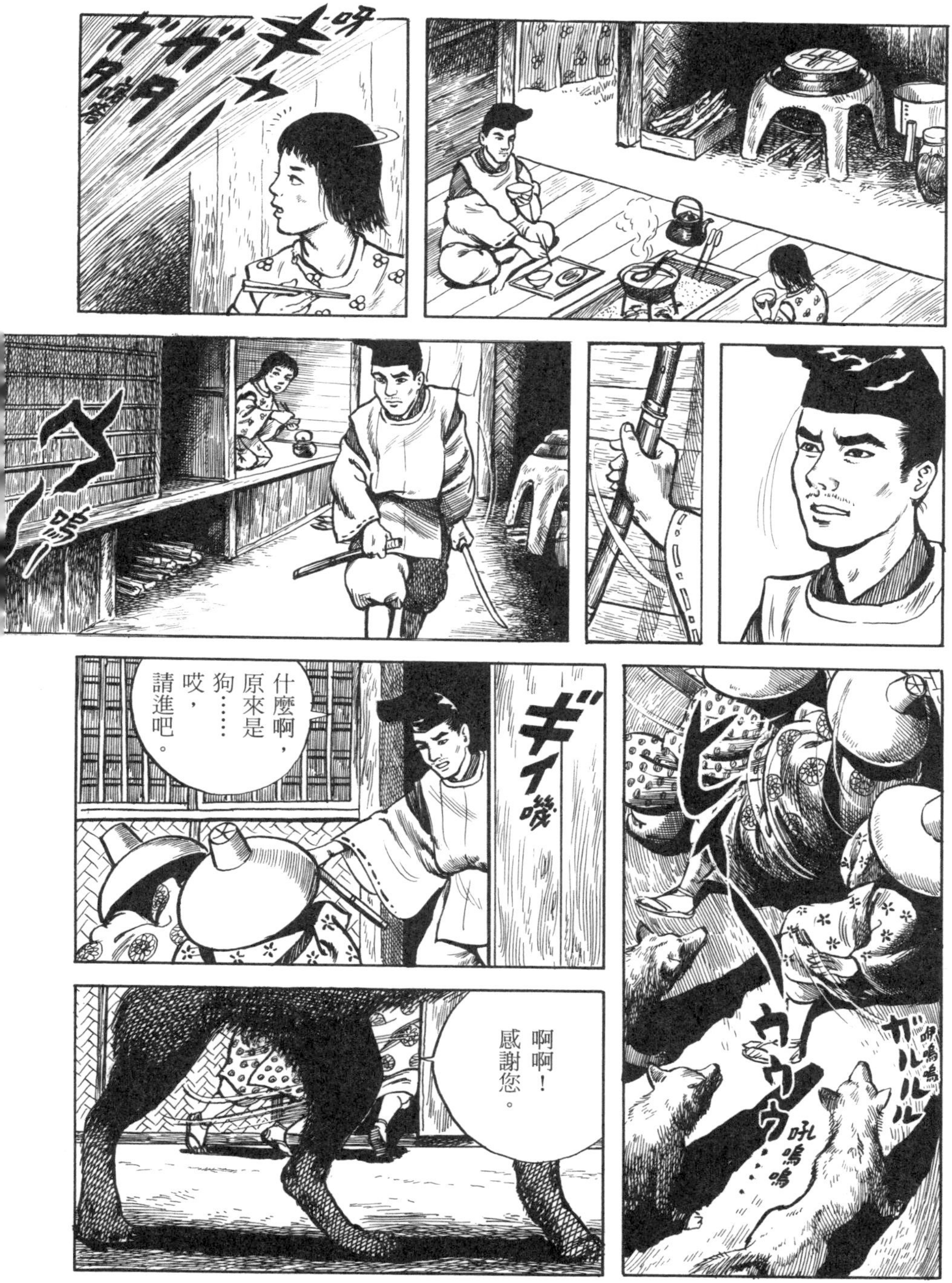
ガタガタ
喀噠
呀
嗚
什麼啊，原來是狗……哎，請進吧。
ギイ
嘰
ガルルル
呼嗚嗚
ウウウ……
吼嗚嗚
啊啊！感謝您。

遲至此刻才告訴諸位讀者，真是萬分抱歉。其實故事才正要進入正題。先前的格子，呃，畫的是類似序幕的橋段。在這講究節約能源的時代，我的畫法可真是鋪張啊。
您真是在千鈞一髮之際救了我們，感激不盡。
最近狗會咬人屍體，知道人吃起來是什麼味道了。一個不留神就會被牠們襲擊。
不好意思，各位是在旅途中嗎……？

是的，這兩個是我女兒，我們從大和國來到這裡，要投靠油小路的親戚。
親戚房子遭到縱火，他們不知去向……而且，
男性隨從帶著我們的行李，不知逃到哪去了……
我們真的好無助，接下來該如何是好……嗚嗚嗚……
妳們的遭遇很令人同情呀……
コトコト
咕嚕

ぐちゅ
咕啾咕啾
哎呀！我太疏忽了，
袴垂，也給這幾位碗吧。
好的。
啊啊！不行啊，不行啊。
您不僅救了我們，還為我們做到這種地步。
不不不，我是幫人送貨的，很久以前便覺得有天可能發生這種事，
於是一點一點預存了一些米，妳們不用擔心。
感謝您，感謝您！
這大恩大德……
我們下黃泉也不會忘記！
ガツガツ
嘖嘖
んちゅんちゅ
嗯嗜嗯嗜

ボタボタ
滴滴
じゅる
窣
ペロ
舔舔
啊，妳們不用吃成那樣，要多盛幾次都行啊……
看來她們非常飢餓吧……真可憐。
昨晚真是謝謝您。
我們打算回大和，但昨晚做了不祥的夢，今天不太想出門……
今晚也住下來吧。
不要緊的，就這麼辦吧。
來，便當。
嗯，那我上路了。

ガラ…喀啦…
母親大人，啊～～
睡得真好呢。來，全部脫掉吧，今天天氣很好。
母親大人～～
哎呀哎呀，妳不能一直這樣撒嬌下去啊……來，洗頭髮吧。
媽……
媽。
媽媽，媽，啊啊……媽，媽……
這孩子完全不知道母親長什麼樣子，無從回想起來。

呵呵呵，不可以喔。
討厭，討厭。
你要去哪？
我經常分擔爸爸工作，不這樣是不行的。
我要去摘這附近長的鴨仔草，當作晚上配菜。
這樣啊。
鴨舌草（雨久花科）
ガラ ガラ
唧唧
ガリ
唧
ガ
唧唧
モグ
嚼嚼
姐姐，蟬可以吃，但蚯蚓不行喔。

ガッ
喀
ガッ
嗒
ガッ
ゴッ
咯
啊啊……
妳們兩個快過來，
快點快點。
ガ
ガ
喀
ザーー
沙ー
ザザーー
沙沙
啊啊……
是米呢。
這孩子老是在挨揍，所以拿石頭砸她她也不當一回事。
有米的地方
就是有呢。
ハア
呼呼
ズル……
拖……

ザー
嘩啦—

嗚嗚嗚……
我被人圍毆，牛、車子、載的貨都被搶走了……
爸，振作啊。
沒……沒事的，趕快洗臉，去吃飯吧。
ウオオオオ～ン
嗚咕咕……
爸。

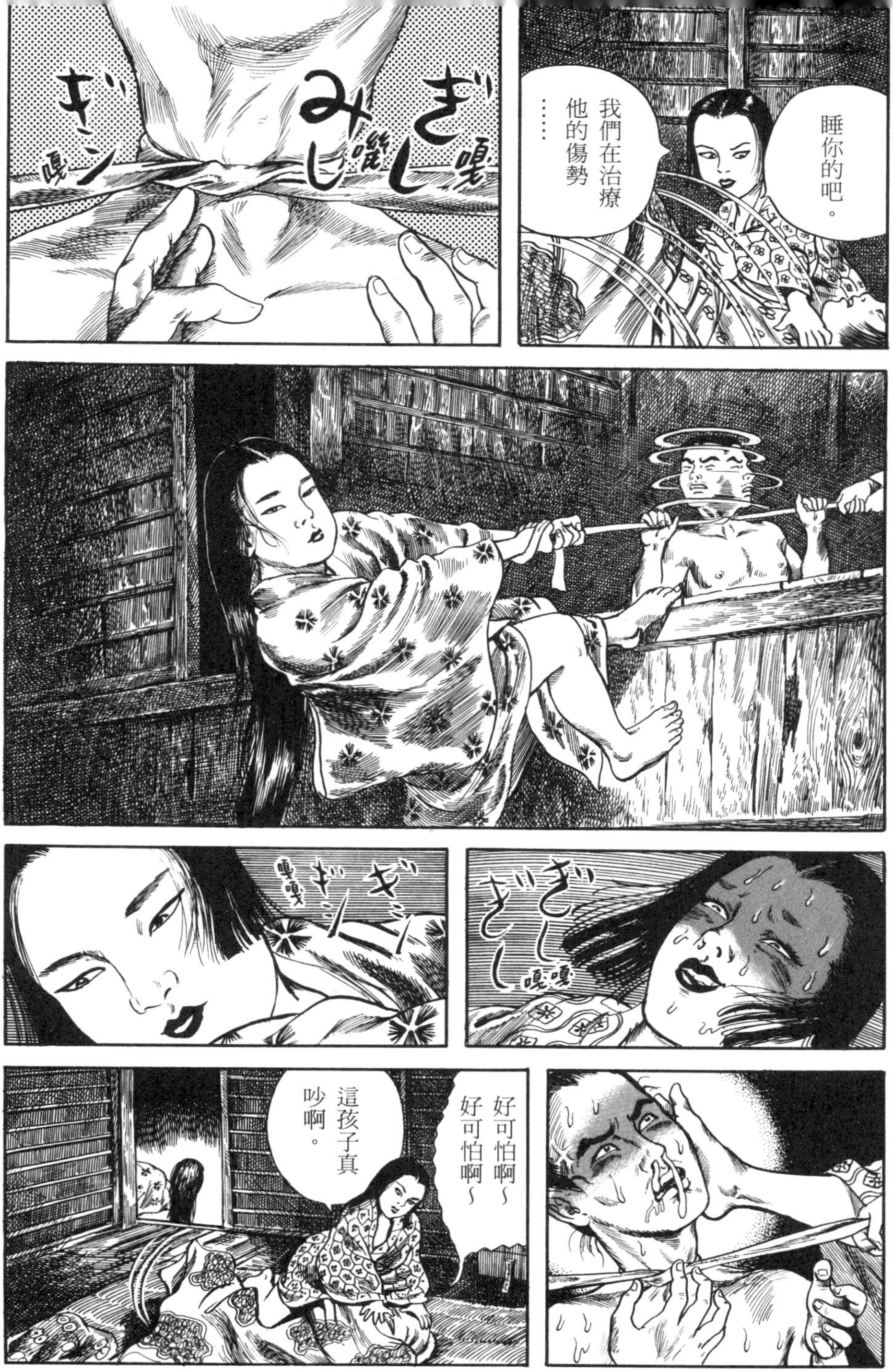

嘎
嘎吱
嘎
睡你的吧。
我們在治療他的傷勢……
嘎嘎
嘎嘎
好可怕啊~好可怕啊~
這孩子真吵啊。

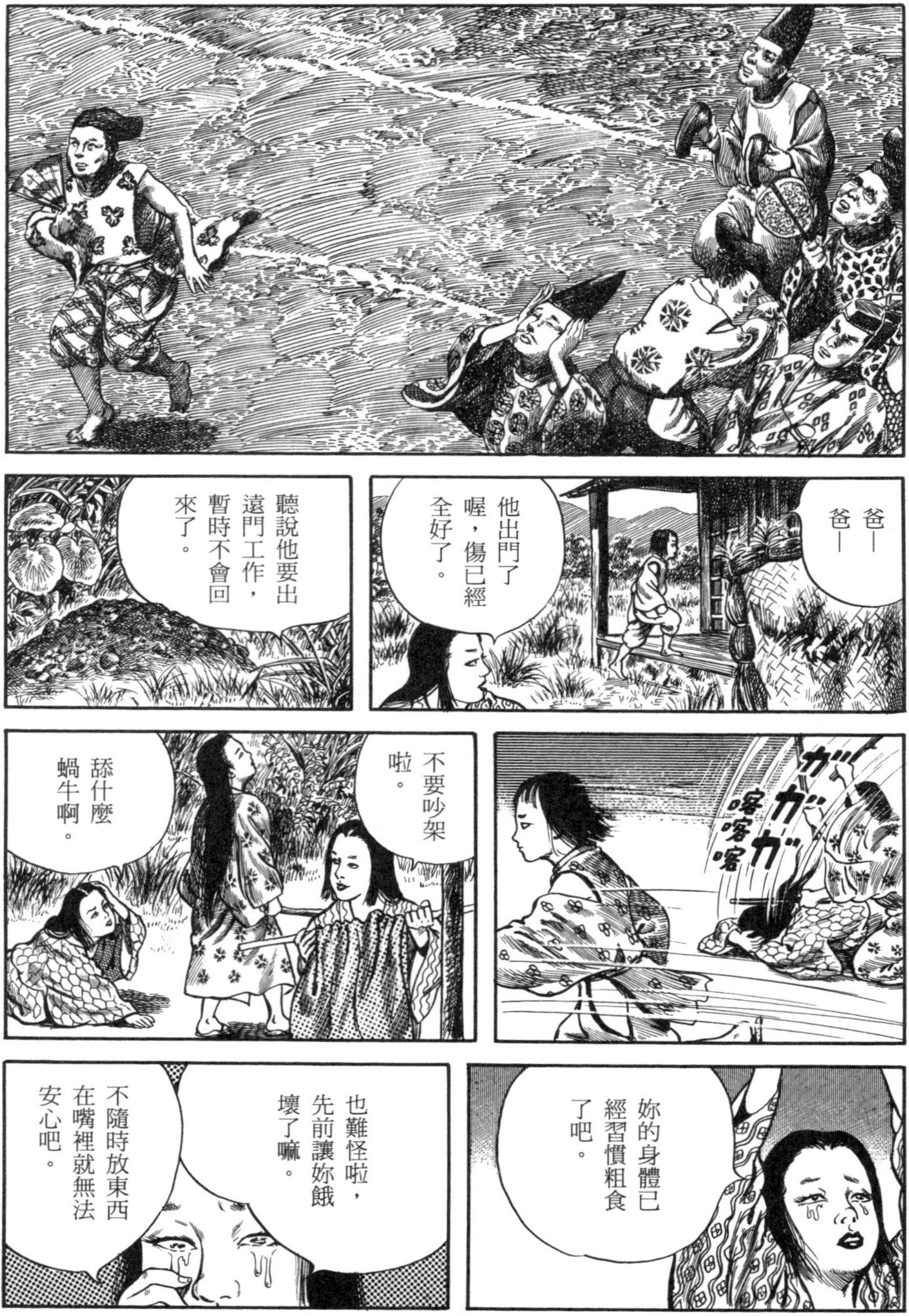
爸—爸—
他出門了喔，傷已經全好了。
聽說他要出遠門工作，暫時不會回來了。
喀喀喀
不要吵架啦。
舔什麼蝸牛啊。
妳的身體已經習慣粗食了吧。
也難怪啦，先前讓妳餓壞了嘛。
不隨時放東西在嘴裡就無法安心吧。

呵呵呵呵，不過已經不要緊囉。
倉庫裡裝滿米呢。
母親大人啊
呵呵呵，臉頰肉長得這麼棒……
呵呵呵，不管何時看，內心都會平穩下來呢……米真棒呀……

爸……
你跑去哪裡了啊……
啊，又是發光的油紙傘。
能登半島
俱利伽羅隘口
コッ 叩
コッ 叩
這星球的草木真茂盛呢。
嗯。
基列波列可的蛋還有一顆，煎來吃吧？
ジュ 滋
不，我不用了。
哎～真想趕快回家呢。

……家嗎……
這趟旅程才剛開始，我們還得去更遠的地方才行。
目前還不能回家……
驚

嗚嗚嗚，請原諒我，請原諒我。
同事意外身亡，哈瑟深陷悲傷。
嚇！
蛋……
要是用體溫溫熱那顆蛋，會有嚴重的後果！
算了，不會有人撿的。
比蒸氣火車在八高線上馳騁的時代更——加久遠的壽永元年的隔年，也就是壽永二年五月，在深夜的俱利伽羅隘口……
ドド隆隆—

木曾義仲與平家軍交戰，打了勝仗。
意外地弱呢。
接著到了七月，進入京都的義仲軍碰上前一年持續至今的飢荒，立刻為軍糧所苦，轉眼間化為盜賊、強盜，大鬧京城。
げっそり
消瘦
呵呵呵呵。

想吃就吃吧，因為這是你們家的米啊……
不過……
你只要吃下去，爸爸就不會再回來囉，就算只吃一口也一樣。
ゴト
叩咚
呵呵呵，真了不起呢。
那麼你就繼續過光吸草、喝水的日子，然後去踩那個吧。
我以前學過陰陽道喔。
所以要聽我的，去踩這個方位的土堆。
踏實它，踏到它跟石頭一樣硬的時候，爸爸就會回來囉。
懂了吧？
こっくり
點頭

不管多餓，我都會忍耐。
所以請你一定要回來啊，爸爸。
咚咚咚咚
咚咚咚咚哩咯啦
快點變硬，快變成石頭。
とんとんとん
咚咚
母親大人～
呵呵呵，妳也長肉了呢。
要是被餓肚子的士兵發現就慘了。
如果他們來家裡討食，我只要把兩個親生女兒藏到地板下，
再讓他們看那個髒兮兮的別人家的小孩就行了。他們就不會認為這個家的人能夠滿足地飽食。
那孩子得為了我們變得更瘦才行。

我收在懷中，結果變得這麼大呢。
你說是在俱利伽羅隘口撿到的？
總覺得好噁心。
ギャッ
ギャッ
噭噭噭
ギャン
スタ

又變大了……
唔，不要啊！
…………
好可怕。
？……咦？我是怎麼了。
我的身體自己……

手腳自己動起來了……
沙…ズ゛……
啊……不要啊，我不要被這種東西…
不要不要，娘親啊！
咻
?
我也會被這傢伙吃掉……
……但就算了吧。
我好餓好餓，對一切都感到疲累了。
啊啊，好想見爸爸，見個一面也好。

ポタ
滴
爸……
?
ギィギィギィ
嘰嘰
怎麼啦？快吃我啊。
ポタ
滴
ギィーン
鏘
這孩子明白了，這顆蛋極度厭惡眼淚。
而那三個可恨的女人，也在他腦海中浮現了。
他感覺得到，自己再活也沒多久了，因此……
めらめらめら
熊熊
私は〜するつもり
なになに
這樣那樣
我決定～要
復讐
復仇
感謝您。這大恩大德，
我們下黃泉也不會忘記！

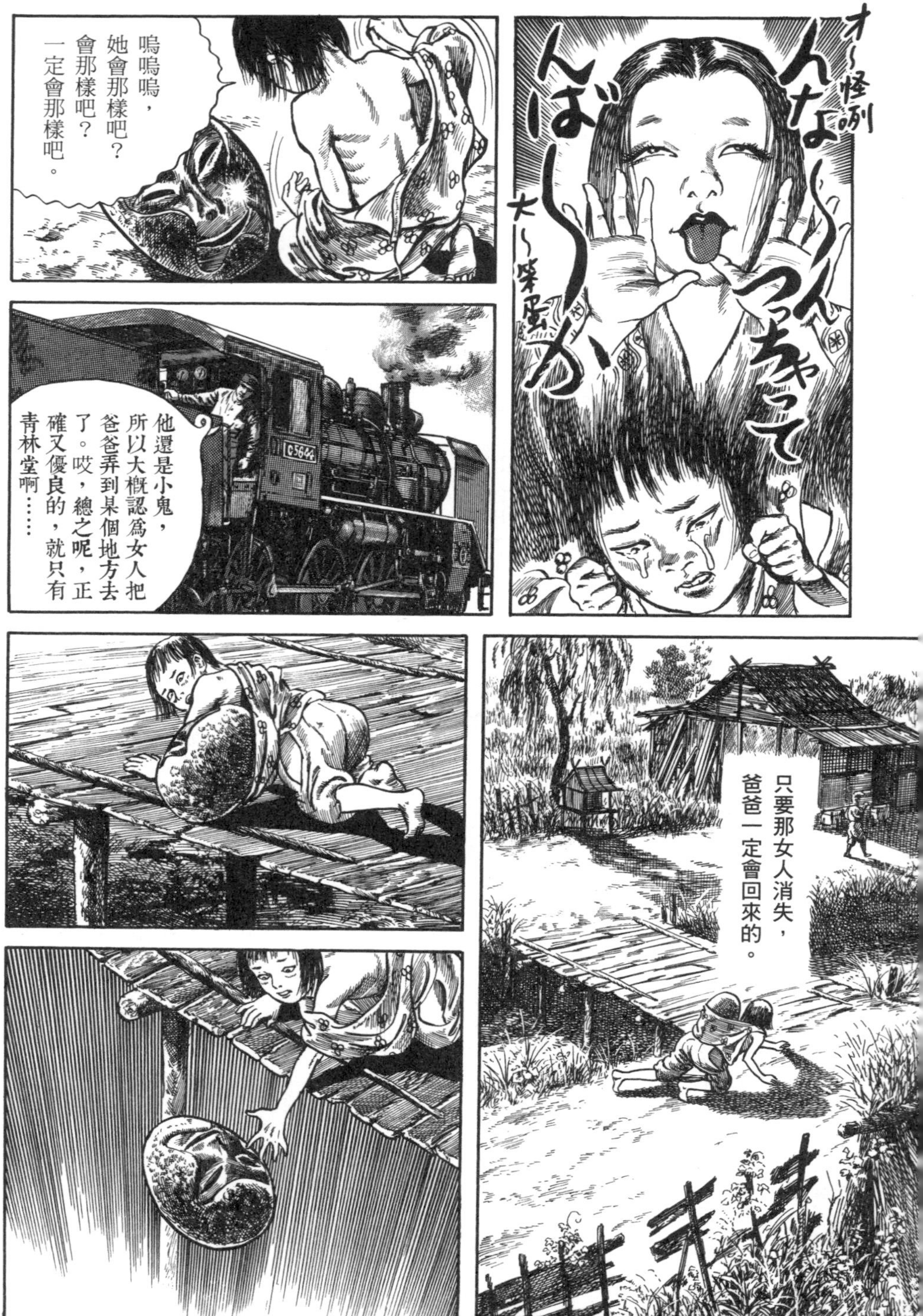
オ〜怪咧
んなし〜つんっちゃって
んばし〜か
大〜笨蛋
嗚嗚嗚，她會那樣吧？會那樣吧？一定會那樣吧。
他還是小鬼，所以大概認爲女人把爸爸弄到某個地方去了。哎，總之呢，正確又優良的，就只有青林堂啊……
只要那女人消失，爸爸一定會回來的。

パシャーン
啪喳
うう
嗚嗚
不論過去或現在，生存在世總是無法如意。
那三個女人每天都吃得飽飽的，過著幸福的日子……
到頭來，這孩子只能不斷踩土。而且，他很快就會死了吧。
爸爸……
トントン
咚咚
咚咚

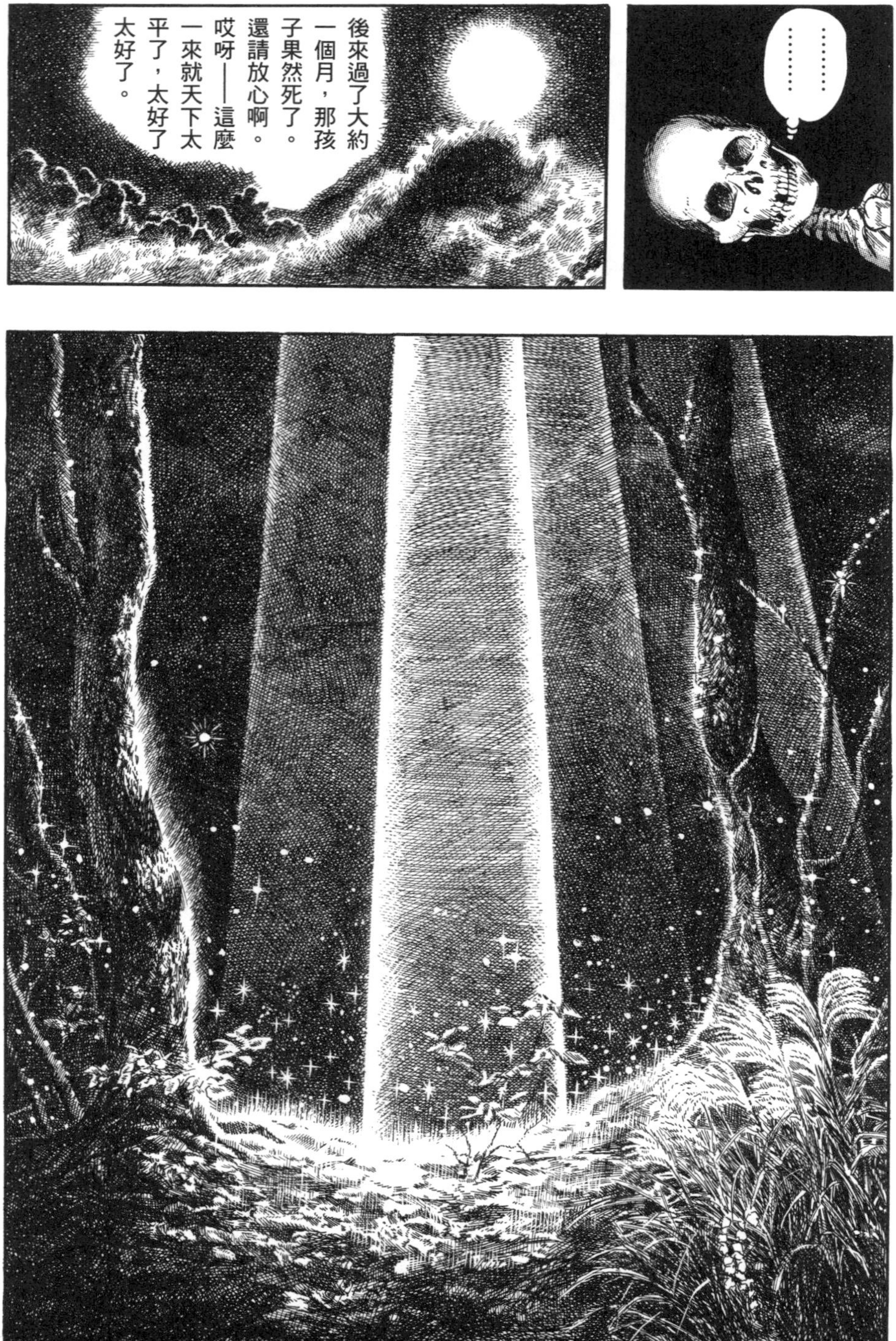
…………
後來過了大約一個月，那孩子果然死了。還請放心啊。哎呀——這麼一來就天下太平了，太好了太好了。

首次發表處

骷髏乳　一九七二年《Young Comic》九月二十七日發售號
豬女　一九七三年《SM Select》四月號
向神發誓的孩子　一九七四年《Garo》九月號
箱內明珠　一九七二年《Garo》十一月號
因果・第一部　一九七三年《Garo》六月號
因果・暑熱　一九七三年《Garo》九月號
因果・好冷　一九七四年《Garo》三月號
肉豪邸　一九七二年《Garo》五月號
作戰女　一九七三年《Garo》五月號
珍奇物小屋　一九七一年《Garo》十一月號
月光　一九八〇年八月完成（※收錄於單行本《月光》前未於雜誌發表）

附錄

《月光》中文版後記／導讀

陳腐惡臭聞久了，你會變得世故

——談花輪和一初期風格

「有個叫山崎春美[1]的人寫道：『花輪和一氏的作品不只是情色怪誕[2]風格。』多麼無聊呀。

他大概認為這是最大程度的誇讚吧，但這對作者一點助益也沒有，是典型的『偏愛反成禍害』。

（中略）

『只是情色怪誕』、『只是懷舊趣味』有什麼不好？《GARO》時代的花輪和一畫的就只是懷舊情色怪誕，不是別的什麼。

（中略）

大家公認這事物下等，你就以它原來的下等模樣加以呈現。如此一來，無以名狀、令人毛骨悚然之物便會作為一種存在現形。」

丸尾末廣一九八五年在東京成人俱樂部別冊《丸尾末廣　ONLY．YOU》中介紹《少女椿》時，曾如此論及花輪和一的作品。在同書收錄的訪談中，丸尾還列舉了兩個影響他的漫畫家，其中一個是楳圖一雄，另一位就是花輪和一。是的，儘管丸尾末廣個人更具備某種搖滾巨星形象，出了日本的知名度大概也高過花輪和一，但其實後者大了前者九歲，出道也是花輪和一較早——丸尾末廣注意到前輩發表於《GARO》上的作品時年僅十八歲，他自己漫畫家出道是六年後的事。

根據《花輪和一初期作品集》後記的說法，這位執筆時間將近半世紀的獵奇．怪奇漫畫家，最早並不想成為漫畫家。「我原本就是想當插畫家，想要畫圖的念頭比想畫漫畫強烈。第一次擔任助手也是協助山川惣

1 實驗樂團TACO主腦，編輯，文字工作者。曾擔任傳説級自動販賣機雜誌《JAM》編輯。
2 エログロ，即 erotic 和 grotesque 的略稱。
3 日本五〇年代少年雜誌的代表性圖畫故事作家之一。

治[3]。我到現在還是覺得很不可思議，怎麼會成了漫畫家呢？」結束學業來到東京的他，當過金屬加工、紙器、印刷公司的職員，在尋找插畫工作屢屢碰壁時偶然在漫畫出租店讀到《GARO》上刊載的柘植義春〈李先生一家〉，發現漫畫原來能畫得這麼像單幅硬筆畫的風格，不見得要是手塚治虫那種簡化造型，於是開始投稿《GARO》，七一年入選出道。

「出道作〈疳蟲〉和下一篇〈珍奇物小屋〉（分別收錄於《赤夜》和本書《月光》）還有領到《GARO》的稿費，但之後編輯部就發不出來了。靠漫畫無法生活，因此我一面在印刷公司打工，一面畫漫畫。」

這兩篇作品的視覺風格仍受日野日出志等恐怖漫畫影響，簡化造型的主角和近乎諷刺漫畫的寫實風配角共存於同一平面，創造出惡夢般的圖像混沌。它們雖然還不是我們如今提到花輪和一會聯想到的招牌風格——仿古造型人物上演的陰沉狗血劇碼，不過已經反映了漫畫家本人終生懷抱的內心糾葛。

「我看到奧斯威辛集中營紀錄片的時候心想，這不就是我家嗎？」成長家庭形塑了花輪和一的精神基底：永恆的不安與憎恨。生父在他三、四歲時死去，母親再婚，繼父進入他的生活，從此成為「明明是外人卻又是家人」的曖昧存在。「沒有血緣關係卻住進家裡，我還得叫他父親。（中略）我先是感到不對勁，接著恐怖從中而生。」他甚至曾在被窩內滿頭大汗地詛咒繼父，希望對方趕快從世界上消失。這些現實中生成的怨念和壓抑，隨後被轉運到花輪和一的漫畫中，成為主要能源。

到了《GARO》刊出的第三作〈肉豪邸〉，花輪和一的風格終於確立。他的恨意不再透過心靈創傷的幼小主角的主觀幻視噴濺得到處都是，它們轉而注入液壓系統，令俗惡的人形機關們以超乎必要的怪力運動於既定的軌道上。

「現在回想起來，我當時是想要畫惡毒婦人吧。（中略）如果把這些明治時代的毒婦設定成主角，不只題材奇特，畫面也會變得浮誇。也許也因為當時我對毒婦感同身受，才想畫她們吧。」

「那陣子總覺得畫漫畫就是該放入情色怪誕要素，覺得那樣做是理所當然的，不畫些那種調調的事情好像不行。一有這樣的念頭，就會不知不覺地偏向那路線。」

自身欲求，以及對漫畫創作環境的觀察。兩者相加，得到了八五年丸尾末廣形容的「就只是懷舊情色怪誕」風格。作畫方面，花輪和一開始挪用伊藤彥造插畫中的人物造型，以及近乎留白恐懼症的細密筆觸來描繪物件的質地。編劇方面，他訴說的都彷彿是鄉村社會茶餘飯後交換的「沒想到世上還有這樣的事」，沒有什麼高深的精神內涵，「世上」也不是衛星影像式的寬闊土地，因此這些禁忌故事反映的往往不是什麼統計學上的特異，反而是人如何殊途同歸，如何反覆在窄小的日常軌道上翻覆，如何被自己或他人的獸性吞噬，獸性又如何使人與人的來往充滿不可預期，甚至悲劇性。換言之，獵奇時期的花輪漫畫若能帶給讀者某種慰藉，恐怕不單純是因為血肉描寫帶來「復仇成功」的補償心理，而是因為它們的最深處，都散發出人類脾性的陳腐惡臭。同樣的味道聞久了，你會漸漸不那麼患得患失，最終變得世故。

《月光》收錄的系列作〈因果〉便是一例。其實對八五年的丸尾末廣來說，描寫女主角被設局、由愛生恨展開復仇的〈肉豪邸〉，是作畫和分格安排仍有瑕疵的作品，然而面對〈因果〉，他由衷感到讚嘆。除了更加冷靜、安定的敘事更有助讀者完全入戲之外，作者有意識製造出的母題的反覆——劊子手與首級、肢體殘缺者、嫉妒與謊言，則使各短篇的情緒得以加乘堆積，帶給讀者懼高式的暈眩。在〈因果〉當中造孽的主角雨之介，後來分別成為某種偵探，以及無力的旁觀者，透過這一連串立足點的偏移，花輪漫畫中少見的對眾生的哀憐，在系列的最後一頁淡淡暈散開來。

歷經情色怪誕路線的建立與變調之後，花輪和一的下一個風格轉換發生在一九七九年。他開始在《漫畫ACTION》上連載日本中世為背景的漫畫，因為他喜歡當時的服裝，也覺得中世給人「充滿情感糾葛」的印象，適合他來發揮。「跟初期相比，中世故事我確實畫得比較順手呢。」《月光》中的同名作正是屬於此路線。至此，〈肉豪邸〉或其他色情雜誌上會出現的汙漬潑灑式的筆觸已消失無蹤，每一格都變得像是工整的硬筆插畫。「那時期畫的結局有時有救贖，有時沒有，依我畫畫時的心情而定。應該因為是我對說故事這件事沒什麼堅持吧。」

然而，根據《COMIC BAKU》總編夜久弘的說法，八〇年代的花輪和一仍然是用萬分耗損精神力、近乎降乩的方法在畫漫畫：不打任何草稿，畫下作為故事根基的畫格，然後任想像不斷膨脹、擴張故事，最後留四頁想辦法收尾。運用如此方法，創作想必難以成為一種宣洩怨念的工具。創作只是原有的怨念分裂生殖的產物。為了創作虛構故事所開啟的妄想，更是不斷折磨著花輪和一。

八〇年代初，喪母帶給花輪和一巨大的打擊。他自認一直以來都渾渾噩噩度日，不去理會現實，如今現實因母親去世突然迫近，使他發現自己度過了失敗的人生，為此痛苦萬分。為了斬斷這些內心掙扎，他決定手持念珠渡過津輕海峽，深信這樣能夠消除業障。事後他很清楚這只是逃離苦海的一種空虛嘗試，不過他還是在北海道定居至今。因槍枝問題入獄並畫出《刑務所之中》，則是他後來締造的另一個傳說了。

黃鴻硯
公館漫畫私倉Mangasick副店長

參考資料

《丸尾末廣　ONLY‧YOU》
《GARO》1992年5月號
《花輪和一初期作品集》後記〈畫〈肉豪邸〉的時候〉
夜久弘《《COMIC BAKU》與柘植義春》

MANGA 007

月光

月ノ光 新裝版

作者 花輪和一
譯者 黃鴻硯
美術／手寫字 林佳瑩
內頁排版 藍天圖物宣字社
校對 魏秋綢
社長暨總編輯 湯皓全
出版 鯨嶼文化有限公司
地址 231 新北市新店區民權路 108-3 號 6 樓
電話 (02) 22181417
傳真 (02) 86672166
電子信箱 balaena.islet@bookrep.com.tw

發行 遠足文化事業股份有限公司【讀書共和國出版集團】
地址 231 新北市新店區民權路 108-2 號 9 樓
電話 (02) 22181417
傳真 (02) 86671065
電子信箱 service@bookrep.com.tw
客服專線 0800-221-029
法律顧問 華洋法律事務所 蘇文生律師
印刷 勁達印刷有限公司
初版一刷 2023 年 6 月
初版二刷 2023 年 6 月

定價 400 元
ISBN 978-626-7243-21-3
EISBN 978-626-7243-23-7（PDF）
EISBN 978-626-7243-22-0（EPUB）

TSUKI NO HIKARI SHINSO BAN by KAZUICHI HANAWA
© KAZUICHI HANAWA 2013
Originally published in Japan in 2013 by Seirinkogeisha CO., LTD.
Traditional Chinese translation rights arranged with Seirinkogeisha CO., LTD.
through AMANN CO., LTD.

版權所有・翻印必究
ALL RIGHTS RESERVED
Printed in Taiwan

特別聲明：有關本書中的言論內容，不代表本公司 / 出版集團之立場與意見，文責由作者自行負擔

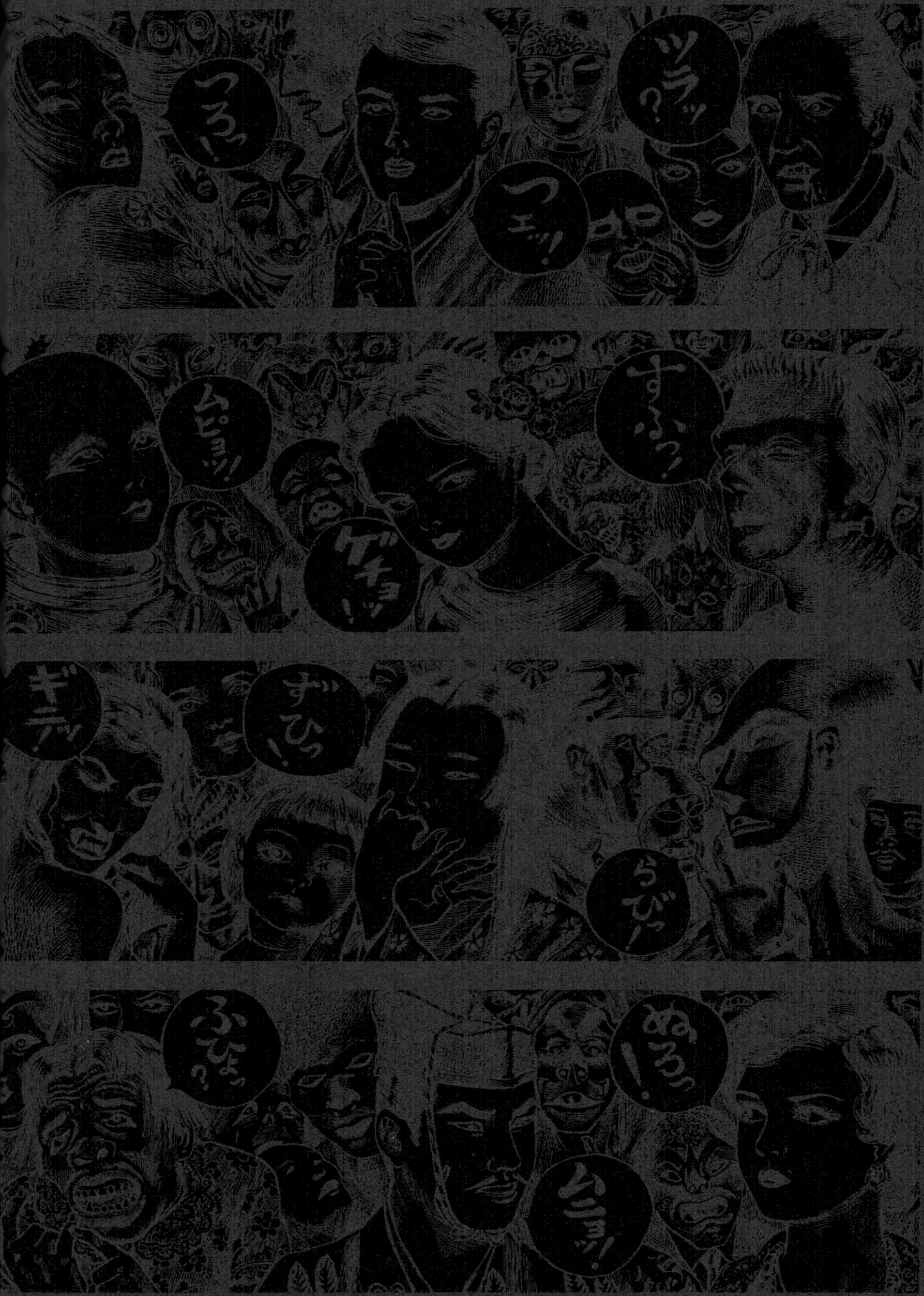
ソラッ?
つェッ!
つろっ!
すふっ!
ゲキョッ!
ムピョッ!
らびっ!
ずひっ!
ギデッ!
ぬろっ!
ムヒョッ!
ふひょっ?